书 · 美好生活
Book & Life

縁あって

旧时之美

白洲正子寻美记

[日] 白洲正子 著

蕾克 译

北京时代华文书局

图书在版编目（CIP）数据

旧时之美:白洲正子寻美记 / (日) 白洲正子著;蕾克译. -- 北京:北京时代华文书局,2025. 6. （2025.7 重印）

ISBN 978-7-5699-6065-5

Ⅰ . I313.65

中国国家版本馆 CIP 数据核字第 2025FX4150 号

EN ATTE

By Masako SHIRASU

Copyright © 2013 by Katsurako MAKIYAMA

All rights reserved.

First original Japanese edition published by PHP Institute, Inc., Japan.

Simplified Chinese translation rights arranged with PHP Institute, Inc.

through East West Culture & Media Co., Ltd.

北京市版权局著作权合同登记号 图字:01-2024-1772

JIUSHI ZHI MEI:BAIZHOUZHENGZI XUNMEIJI

出 版 人:陈 涛

选题策划:陈丽杰 仇云卉

责任编辑:王立刚

执行编辑:仇云卉

责任校对:李一之

装帧设计:鲁明静

内文排版:孙丽莉

责任印制:刘 银 訾 敬

出版发行: 北京时代华文书局 http://www.bjsdsj.com.cn

北京市东城区安定门外大街 138 号皇城国际大厦 A 座 8 层

邮编: 100011 电话:010-64263661 64261528

印 刷: 三河市兴博印务有限公司

开 本: 880 mm×1230 mm 1/32 成品尺寸: 135 mm×190 mm

印 张: 9 字 数: 190 千字

版 次: 2025 年 6 月第 1 版 印 次: 2025 年 7 月第 2 次印刷

定 价: 56.00 元

前言

我初见白洲正子，是在四十五年前，见面的地点是当时新桥车站附近的餐厅"小川轩"的二层。

白洲家的桂子小姐曾是我高中时代小团体中的好友，那时我想同她结婚，被白洲次郎先生察觉，遭到他的强烈反对。他认为，掌上明珠怎么能交给我这种既不会说话又骄傲自大的家伙呢？

那时正子说"我去见他一面吧"，于是有了这次会面。

初见正子，我太过紧张，几乎不记得都说了些什么。午饭时间，正子问："您要用什么餐？"我回答："我想吃红酒炖牛舌。"侍者问我要配面包还是米饭，我说："请给我米饭。"这时，正子惊讶地"啊"了一声。"坏了，这种时候贵族只会选面包！"我这样想着，不由得面红耳赤。见状，正子温和地安慰我，说没关系。那时她为什么惊讶，末了我也没能问出真意。

我和桂子新婚不久，有一天桂子和正子要去京都，我也跟着去了，平生第一次进了古董店。进店就看到一个直径约三厘米的金属物件，正子拿在手中看了几眼，毫不犹豫地说："这个不错！至少是桃山时代（1573—1603）的，我要了。"

事后我问正子："妈妈，那个金属物件是什么呀？"得知这是一只桃山时代的珐琅彩钉隐，店主要价五万日元。那时我一个月的工资才两万日元，我心想，这些人都不正常。

后来，在正子的耳濡目染下，我竟也不学自通了。

回首往事，因为与正子相识，我看到了一个从未见过的世界，从她身上，我学到了很多。

如果这本书也能给读者们提供新知机缘，那就再好不过了。

平成二十二年（2010）一月
武相庄博物馆（白洲旧居）馆长 牧山圭男

目 录

与美为友

排除"没有血肉的抽象论"
——为如何"看到"而苦闷的小林秀雄先生

> 美丽的"花"实际存在，而花之"美"却是抽象的。

这是评论家小林秀雄[1]的随笔《当麻》[2]中非常著名的一句，评论的是世阿弥[3]的"花"，在这一句前，小林还引用了《花传书》[4]里的一节："将练习做到极致，用尽心思后，就会知道花永不萎谢。"

关于美，我从小林先生、青山二郎[5]先生那里学到了很多。如果把小林先生所言的"花"换成"物"，便可窥见小林先生的审美意识。

说起"物之美"，人们可以没有止境地畅谈下去，比如形状好看、色彩优美、欠损更添气韵等等。但是话说回来，真正的美物基本上各方面都具备，足以让观者闭嘴，无论是绘画、陶瓷还是文学作品，都是如此。我们面对沉默的东西时，要耐心再耐心，学会等待东西自然而然地开口，向我们倾诉。小林先生作为评论家，着重论述的也是这件事。

在小林先生笔下，"美物"和"物之美"是两个不同的概念，二者有"抽象概念"与"具体的物"的区别，也可以说是"充满感思的语句"与"无言之物"之间的对决。

小林先生曾告诉我，他有段时间什么东西也写不出来，沉默了好几年。我想，那就是他仿佛被狐神附了体一样沉迷于瓷罐、彩绘碟子、酒盅之类的古董的那段时间吧。

现在许多的评论家和作家不是在单纯卖弄知识，就是在炫耀文笔，或者抽象地给美唱赞歌。我信不过这些人。

第二次世界大战结束后，小林先生通过别人的介绍，拜访了我在鹤川的家，我和小林先生就是这么认识的。

小林先生写得一手好文章，思路非常清晰，下笔有劲儿，客观无私，读他的作品让我心服口服。但是，他并不喜欢"美学"这个概念，因为其中富含的抽象性甚至可以催生出"恶德"，他认为这种抽象性和血肉人生没有任何关联。

赏玩古董的时候，"感到"和"看出来"这两个层次之间距离很大。

"感到"是觉得不错、漂亮，是视觉受到刺激后产生的情绪。看多了，有了经验，就可以充满自信地说出自己的喜好。而"看出来"是确切地把握了一件东西的重量、色彩、手感等各方面细节，看到了一件东西清晰而准确的整体形象。

小林先生从"感到"的阶段到看清物之形状的"看出来"的阶段，一定经历了痛苦的过程，连吃饭、睡觉时心里想的也是古董吧。他曾对井伏鳟二[6]先生说过，自己深陷于古董中，亲身体验了人心深渊般的烦恼和永无止境的欲望，同时也慢慢地从古董的世界中"看出了形状，由此也看到了文学"。

经历了这个过程之后，小林先生的文风发生了明显变化。他的思想日趋圆熟，文笔却越发淡泊，写出的文章平易明了，越发好读了。不是因为平易所以好读，而是如同古书《徒然草》中说的那样，"细巧之处用钝刀"，他一边驾驭着过分清醒的锐眼，一边自由自在地在文章里呈现出自我。

"艺术品不是供人鉴赏的东西，而是可以与人共同生活，一起交心畅谈的人生之友"——我想，这就是小林先生想表达的观点吧。而所谓"看出来"，就是找到了通向美的路径。

用而知其味
——青山二郎 慧眼识真物

说到优美的器物，这件东西是不是自己的，感觉起来非常不一样。

再次引用小林秀雄先生的话，我对此很有同感。买还是不买，器物的优美风姿始终如一，不受影响，可是真正的美感只有当我们买下并拥有这件器物，才能明白。通过拥有器物，我们可以拥有一段丰足充实的时间，其中真味，是单纯远观鉴赏无法体会到的。

我不是让大家去买高价的东西，就连小林先生也没有富裕到可以随心所欲包圆儿各种古董的程度。高价的东西不见得一定好。我们要量入而出，尽量去买好物，拥有好物，并视其为友，在相处中得到一段丰厚充足的时间，这才是鉴物的真味。

近些年来，社会风气以钱为重，价值观和审美变得一团糟。有些人不想学习、琢磨，看到东西直接张口问价钱，关心以后会不会升值，以此来断定东西的价值。做物的工匠也变成了逢迎的商人。有些人花高价买来器物，马上束之高阁，漠然置之，一心计算着几年后的升值盈利。如此对待古董，和在股市上做刻板交易有什么不同？一般人买古董，就该马上拿来用，把好东西放在身边，以物为友，用着用着就算损坏了，也未必不是好事。我们应该这么想：好东西就像美味的食物，拥有过，就是实实在在地享受过。

拿我自己来说，我入陶器之门，是从喝酒开始的。酒壶和酒杯拿在手里，我会掂其重量，抚摸器物的肌理，体会热酒入杯后徐徐传来的温热，我正是从这些细节里学习了怎么鉴赏陶器。日本的陶器如果不经常用，就会变得无精打采。我们不能只把它当成摆设，要经常拿来用，要耐心等候它慢慢成熟，当用得足够久的时候，它的独特美感才开始放光彩。我曾经把一个刀锷片刻不离地带在身边，不时用手抚摸，刀锷的铁色变得越来越幽深，那色泽美得难以用语言来形容。

青山二郎先生是教我如何建立审美观的老师中的一位。在世人眼里，他只是一位书籍装帧设计师；在我看来，他还是"不写文章的评论家""有一双慧眼的古董行家""人生的达人"，这些都不足以形容他。众多文人雅士也愿意拜他为师，向他请教学问。

青山先生经常挂在嘴边的一句话是"我活在日本文化里"。最近，《新潮》杂志在做关于他的连载，题为《在当下时代里，我们来谈谈青山二郎》。读过之后，他毫不妥协的活法再一次令我感慨不已。用青山先生自己的话说，"挥霍、浪费掉生活，再用钱把生活买回来欣赏，是我的人生理念"，他就是这样一个人。

他青睐的不仅仅是一流古董，要知道二三流器物里也有一流货色。比如，伊万里瓷器的荞麦猪口杯，濑户烧的日常餐具，总体来说，这些只是二三流的器物，但只要我们有双慧眼，就能从中觅得一流货色。

青山先生不仅爱陶，他把藏书也彻底做成了自己的宝贝。被他视为人生之友的好书，就算是简装文库本，他也倾注一片真心，从封面到内文亲手改造，做出来的书美得令人无法相信与原来的是同一本。

青山先生对古董的依赖，就像一日离不开三餐。他把古董当作自身血肉的一部分，看着这些古董在岁月里慢慢浸染上生活的风貌、味道，是安慰，也是乐趣。换成其他人，会算计古董是否能升值赚钱，而青山先生则是爱古董爱到了骨子里。

晚年的青山先生，有一天忽然说想一个人出去旅行，听说他去志贺高原看了红叶，随身带了大量现金，途中染疾，等夫人赶去酒店看望他时，发现房间里摆满了旧陶，几乎没有落脚之处。那时，就算是深入乡间也已买不到什么好东西了，但他还是花光了钱，买了个不亦乐乎，据说大部分是一文不值的破烂儿。

那些旧陶里有很多贴着"承知"[7]字样的纸条。放眼望去，满地"承知"。就算是不值几文的破烂儿，他也心甘情愿地"承知"着买下来，一买再买，停不下手。到了这种程度，人已疯魔，心在地狱无法自拔。能做到这种程度，青山这位深知美在何处的鉴赏家，一定是真的独具慧眼。

史说千利休剖腹自绝前，砸破了最钟爱的一个茶碗，带着利休这种精神活在当代的，我想正是青山二郎先生。

但我还是不够懂青山先生。最终，也没有人能真正懂他。小林先生曾说："世上有很多人，有双通透之眼，什么都了然于心，却无法下笔写出来。从古至今，这种人都是带着满腹的才华和智慧，什么也没说就走了。"

相信自己的眼睛，不惧赝品
——为求真品甘愿冒险的秦秀雄先生

不要怕赝品，连赝品也买不了的人，懂什么古董？

这句话出自井伏鳟二的小说《珍品堂主人》，小说中人物的原型就是秦秀雄先生。我与秦先生是老相识，在古董行业里，秦先生因独具慧眼而广为人知，他特别热衷从不起眼的旧物中发现被埋没的好东西。

话说起来，20世纪50年代的古董行曝出过赝品事件——市面上出现了"古伊万里烧"、"乾山烧"和北大路鲁山人[8]等人所作器物的赝品。那时大家都说"哪里有赝品，哪里就有秦秀雄"，可见他就是这么一位与赝品深有关联的人。那些赝品即使被人识破了，他也继续卖，面不改色。在这一点上，我看到的是秦先生的"眼光"。他为之倾倒的是其中的美，与真假无关，所以他能面不改色。

制造赝品的技术手段，往往比收集家的眼光更高一筹，如果我们害怕买到假货而缩手缩脚，那最终也摸不到真货。只有吃过几次亏，我们才能拨开云雾看到真东西，在真与假交会的边缘找到有趣的东西。在我看来，看东西只分"真假"的人是鉴定专家。辨认真假并不难，积累了一定经验，摸到了门道，就算是古董店的小伙计也能做到。

真正有眼光的人，能发现真正的好东西。只认好东西，有时候难免会在真假上看走眼，这很危险，但也令人沉迷。比起那些鉴定家贴标签保真的东西，识货的人往往被"可能不真，但确实美"的东西所吸引。这种人相信自己的眼光，沉迷到发现了好东西几乎想下咒让别人都退散的程度。小林秀雄先生也说过"美即信用"，指的是面对一件东西，要相信自己的眼光，就是这么简单。

真货里存在着真正的好东西，也有还算不错的真货。假货里有着一眼即可辨认的赝品。假得不能再假的复制仿货不值得一提，而那些经过认真钻研，再现了古风的东西，在鉴定家贴标签后进了博物馆，我觉得也很好。只要东西是好东西，不用像加藤唐九郎 [9] 先生那样站出来承认，再说了，被当作真物收藏进博物馆的优秀赝品也不止一两件。

比如良宽和尚 [10] 的书法手迹，没人知道哪张是真，哪张是假。书画也好，陶瓷也罢，有些东西在几百年间真假难辨，一直被当作真品看待，现在也就没有了辨其真伪的意义。相不相信美、相不相信自己眼光才是更重要的事。秦秀雄先生卖赝品，不是他不识真假，他卖的是自己的眼光，所以才甘愿冒险，并从中感受到了无限魅力。

世人都说"古物即好物"，那是因为古物上有着确切可见的美的形状。不单单因为年代久远，更因为那种美，是第一次经过人手，捏出的形状。创造的过程伴随着激情，或者说正是那种激情化作了美。这种形状后来被不断复制，逐渐失去了光彩，也是因为创作者的初心与激情不复存在了。现代创作者的作品大多无趣，是因为他们想一鸣惊人而用力过度，不再依靠内心的激情。

与造型工整优美的中国陶瓷相比，日本陶瓷形态更随意，称得上工整的也只有古代的须惠土器[11]和古濑户式样的陶器。这些工整的风格历经室町时代（1336—1573）、安土桃山时代（1573—1603），逐渐开始走形。随着茶道的发展，充满动感的造型越来越受欢迎，比起完美无损的东西，稍带歪斜、自然随意的风格成了主流。几百年里，我们的祖辈们见识过各种陶器，最终抵达了随意的境界。在那些名称里带着"乐"字的茶碗里，人们寄托了对自身的不完美的感慨，以及对人生的纠结和困惑。茶碗里蕴含着日本人朴素的人生观。

活着的乐趣·一期一会
——茶室中的美

在我看来，所谓"一期一会"，说到底就是和自我相遇。

在战争年代里，日本失去了一切，那时我心里很焦虑，渴望与"人"相遇，渴望能触摸到"美物"，为此我走遍了日本各地。

一路上我看到了各种各样的美，结交了众多良师益友。其中有"雪国"越后的盲人歌女，也有奄美大岛上视泥土和蓝染为生命的染织工匠，还有晚年的梅原龙三郎[12]先生，他一直在梦中追寻着手中画笔难以描绘的美妙色彩。

现在回想起来，我从他们身上学到了"只要生命还在，就要珍惜当下、活出精彩"的道理。"现在"这一刻一去不复返，所以不能不珍惜。每一刻的际遇都是宝贵的，人生只有一次，要活就活出滋味来，这是人生在世的本分，也是责任。这些道理说起来简单，而我以前一直懵懂，现在上了年纪才有所体会。

我没有正式学过茶道，但是我喜欢喝茶，喜欢茶室里的氛围。茶的滋味温和醇厚，和茶碗的手感一样，让人内心宁静安稳；更不要说小小的茶室空间里凝聚了日本文化中的粹趣。茶碗是日本陶瓷的根基，插花与茶席料理也如此，几乎可以说，日本的文化和审美是从茶室里诞生的。

但是话说回来，茶道那种架势我不喜欢。茶道仪式上人与人之间的客套交往让我难以忍受。在兴趣培训班式的茶会上，简单几句客套哪里称得上"一期一会"。"一期一会"有着此会之后再难相见的决绝之意，是武士们表达此茶之后不知何时战死疆场时会用的词，带着一种活在生死边缘的万千感慨。把这样一个词，用在假装鉴赏茶具、明明不感兴趣还要嘴上客套敷衍一番的交际场上，简直是种灾难。

兼好法师在《徒然草》中写道："依附于一物，亦会毁于其上。"就像君子执念于仁义道德，僧人受限于佛法，书家被笔画框住，茶人拘泥于茶道形式……一旦理念落于形式，事物逐渐被技能化，便是堕落的开始。

茶室这种东西，往深里说，我觉得就像是敞开内心，让他人进来。人在其中不能虚与委蛇。宾客不同，时节不同，应对方式也不同，茶具搭配也会变化。人之相交很麻烦，但我们还是会细心创造出一个完美的心灵世界来迎接宾客。我想在这样的一个内心世界里，才有可能诞生出"一期一会"。

这里的"宾客"有时不一定是人，也许是樱花，也许是风声，也许是旅途上倏忽入目的景色。只要想着眼前的事物一见之后就是永别，我就会觉得一切都如初次相见般美好而生动。

旅途上与人偶遇也一样，别认为只有茶室里才有"一期一会"。

樱花啊，红叶啊，如果只是心不在焉地看看，也许只能留下"今年的樱花又开了，叶子变红了"之类的印象。这时如果夕阳西下，光影斑驳，那一瞬间呈现出的至美，会令人恍惚间不知道自己身在何处。这样的瞬间，每个人都会经历。这样"一期一会"的瞬间，会让人心里充满幸福感，仿佛天地都为自己而存在。这种时候，我们能从外界收获很多东西，同时也能反观自身，看到真正的自己。

"一期一会"这样的词，如果不了解它的真正含义，大可不必用它来撑门面。无论何时，保持平常心便很好。战国时代的武士也好，恐慌于环境污染和核武危机的现代人也罢，都在与死共生，自然就会渴望活好每一天。所以，我能从温润甘醇的茶味里感受自己的"一期一会"。秋叶要落尽，新绿会萌生，我想把眼前的每一天都认真活好，把生命的力量传交给子孙后代，再默默凋落散去，就是我的心愿。

精神的自由催生出的"花"

——让我至今难忘的鹿岛清兵卫的一生

> 君子不居险地，而达人以险为乐，兴趣的险境里有真美。

今天我想谈谈鹿岛清兵卫。

我从四岁开始学习能剧，看过很多次能乐大师梅若万三郎的表演。记忆中不到十岁的某次表演，我似乎在舞台上看到了幽灵。那是浅草厩桥的能剧舞台，舞台上从镜间[13]传来伴奏鼓乐声，侧幕开启，笛子、小鼓、大鼓、太鼓依次登场，当我看到吹笛人时，不由得浑身发抖，感到很害怕。

那人薄薄一片，仿佛骨架上蒙着一张皮，长脸上一双大眼凝视着前方虚无的一点，从舞台上毫无声息地幽幽滑过。

这个人，就是被称为"当代纪文[14]"和"鹿岛富豪"的鹿岛清兵卫，我看到的是他潦倒衰败的老年之姿。

清兵卫还是富豪的时候，曾是梅若的金主，梅若是他私家专属的能剧艺人。而现在，清兵卫靠在舞台上为梅若吹笛子维持生活。

但是，清兵卫的笛声中有独一无二的风骨，他人绝难取代。那时我在学能剧，曾经多次请清兵卫来为我伴奏。当时的记忆现在已经散落，但不知为什么，清兵卫的一生之道深深地刻进了我心里。

大正十三年（1924）的夏天，梅若万三郎隐退前最后一次出演《关寺小町》，特请清兵卫吹笛。清兵卫一心想用笛声吹出一代美人小野小町衰败枯槁的晚年心境，为此只喝粥，让身体慢慢枯竭耗尽，吊着一口气上台。演出结束，当夜清兵卫便发烧病倒，不久后离开了人世。清兵卫的舞台之姿犹如"幽魂"。但在我看来，那身姿是一个"游魂"。清兵卫"游魂"的一生，最后在舞台上画下了圆满的句号。

清兵卫生于大阪，在东京经营酿酒业的鹿岛家是他家同族，他从小被过继给东京鹿岛家当养子，成年后继承家业，很快就家财万贯。他埋头经商，亲戚看他辛苦，屡屡劝他不妨多培养几个爱好。

他去学了漆艺、摄影和吹笛。虽然只是业余爱好，但他做什么都像模像样，他做这些事时流露出的从容风度，令一些专业行家都自愧不如。

清兵卫和俄罗斯公使争夺新桥的当红艺妓惠津，他为惠津赎了身，为此被驱出家族 [15]。后来，他与惠津成了家，生儿育女，厮守终生。我看见过惠津很多次，她总是披散着长发，素面清净不施脂粉，衣着朴素，像一个影子般凝视着舞台上的清兵卫。清兵卫晚年潦倒，是惠津去偏僻的末流演艺场卖艺，这才养活了全家。

我倾情于清兵卫，是因为森鸥外的一句话。森鸥外曾这样说自己和清兵卫，"我们仿佛他乡遇故知，像两个旁观者有了灵犀相通"。

森鸥外写过一部题为《百物语》的小说：一百根蜡烛燃起，一人讲完一个鬼怪故事，一根蜡烛随之熄灭。其中在两国纳凉祭上主持"百鬼物语"的主人原型就是清兵卫。小说描绘他"目不斜视，双眼直勾勾地盯着前方"，森鸥外则在一旁静静地观察着他。

清兵卫家庭背景复杂，他在富裕时曾恣意享乐过，森鸥外对这些不感兴趣。清兵卫一边过着豪奢放纵的生活，一边又仿佛无法融入，独自疏离于浮华之外，不知在凝视着前方的什么。森鸥外被清兵卫的身姿深深吸引住，他也不知道究竟为什么，思来想去，得到一个结论：鸥外自己也生性如此，无论身在何处，都更像一个旁观者。清兵卫与他何其相似，难怪两人一见面，鸥外便有了他乡遇故知之感。

清兵卫这样的人，一边一掷千金，把兴趣爱好发展到极致，一边保持着一步距离，用旁观者的清醒目光看着眼前的浮华。这样的人生经历，让他有了一双看透人间红尘的眼睛。我想，清兵卫在深爱着市井红尘的同时，也在厌倦着这一切吧。也许森鸥外在清兵卫的人生姿态上，看到了自身。现代人身上已经没有这份处世的从容了，一切都被当成了经营人生的手段。

我从那些变成"游魂"的人身上，看到了精神的自由，就像"愿在早春满月之夜花下死"的西行僧人，一生自由潇洒。此外，还有让我再次钟情于能剧的喜多流的友枝喜久夫先生，他在老年时盲了双眼，失去了眼前光明，却得道悟出"满目青山在我心"的道理。年过八旬依然活跃在舞台上的他，有一颗深藏着激情与羞涩的真心。无论是观众，还是行家，都能从他身上感受到世阿弥说的"老木之花"的精神。人生走到最后，精神自由到达极境，而极里开出的花，才是真正的花。

注 释

1 小林秀雄（1902—1983），日本文艺评论家，影响了三岛由纪夫等文学家。本书注释若无特别标示，均为译者注。

2 《当麻》，小林秀雄的文艺评论，主要内容是他看过能乐《当麻》后的感想。

3 世阿弥（1363—1443），日本室町时代初期的猿乐（能乐）师。世阿弥留下的众多能乐剧目和著述，既是能乐戏剧论，也是美学论，给后世日本文化带来了深远影响。世阿弥在著述中用"花"指代了精神、身心合一的技艺、内心修养、有内心修养后表现出的外在美等抽象概念。

4 《花传书》，日本最古老的戏剧理论，作者不详，有传是世阿弥。

5 青山二郎（1901—1979），装帧设计家、美术评论家、文物收藏家。

6 井伏鳟二（1898—1993），本名井伏满寿二，日本作家，1960年被选为艺术院会员，1966年获日本政府授予的文化勋章。

7 承知，表示买家在购买时已经知道东西的真实状态，心甘情愿买下，日后不会反悔退货。

8 北大路鲁山人（1883—1959），日本艺术家，精通篆刻、绘画、陶艺、书法、漆艺和美食鉴赏。

9 加藤唐九郎（1898—1985），日本陶艺家、陶瓷史研究专家，致力于再现日本桃山时代陶瓷器。1960年，日本曝出"永仁壶赝品事件"，当时一件被指定为日本国家重要文物的标有"永仁二年"（1294）的陶壶，被媒体指出有可能是赝品，随即加藤唐九郎站出来承认陶壶是自己在1937年烧制的作品。加藤为此被取消了"无形文化财产保持者"资格。

10 良宽和尚（1758—1831），日本曹洞宗僧人，诗人、书法家。

11 须惠土器，一种质地坚硬、呈灰色或青灰色的陶器。受到中国烧制工艺和朝鲜半岛新技术的影响，须惠土器的成器方式由原始手工变为轮制加工，器物造型更为端庄工整。

12 梅原龙三郎（1888—1986），日本画家，曾赴法国留学并接受雷诺阿的指导，1935 年成为日本艺术院会员。

13 镜间，能剧舞台边的准备室。

14 纪文，江户时代的日本商人纪伊国屋文左卫门，他曾是当时首屈一指的富豪商人，后来事业失败，家道中落，晚年生活惨淡，几同乞丐。

15 清兵卫从小被过继到东京，因为东京鹿岛家没男嗣，只有女儿，成年后他与鹿岛家小姐结婚，继承鹿岛家的买卖事业。后来，他因为替艺妓赎身得罪了妻子家族，被逐出鹿岛家门，以至于老年潦倒。

我对能面的感想

　　我正在为一家出版社制作能面的图录画册，边做边思考了很多。我从小就接触能剧，了解能面的一般常识，也亲身佩戴过能面。但当我实际着手这项整理工作时，才深感自己对能面一无所知，发现自己从未睁开眼睛看过能面，震惊之余，不禁愕然。

　　至今为止我了解的，仅仅是一些"知识"。比如，陶器不买来用，不知道它好在哪里。"买"是一种亲身实践。当然，我不是说自己买了能面，而是想说把能面戴在自己脸上，从能面的内侧观望四下，和只是看别人戴着能面的感受是截然不同的。换言之，亲身接触一张能面是对话，也是对峙，这样做的感受之深，和只是从台下看戏完全是两个境界。

　　能乐师和鉴赏行家对能面有着不太一致的看法。我参与的这项工作，是把能面当作一种艺术作品，从众多能面里选出优秀的集合成书，其中很多个性十分强烈，或者状态不理想的能面，其实是不能用在实际演出里的。能面的造型是从桃山时代到德川幕府初期逐渐发展成熟的，那时第一次出现了便于佩戴、清晰易看的能面。当时最有代表性的能面工匠是河内。

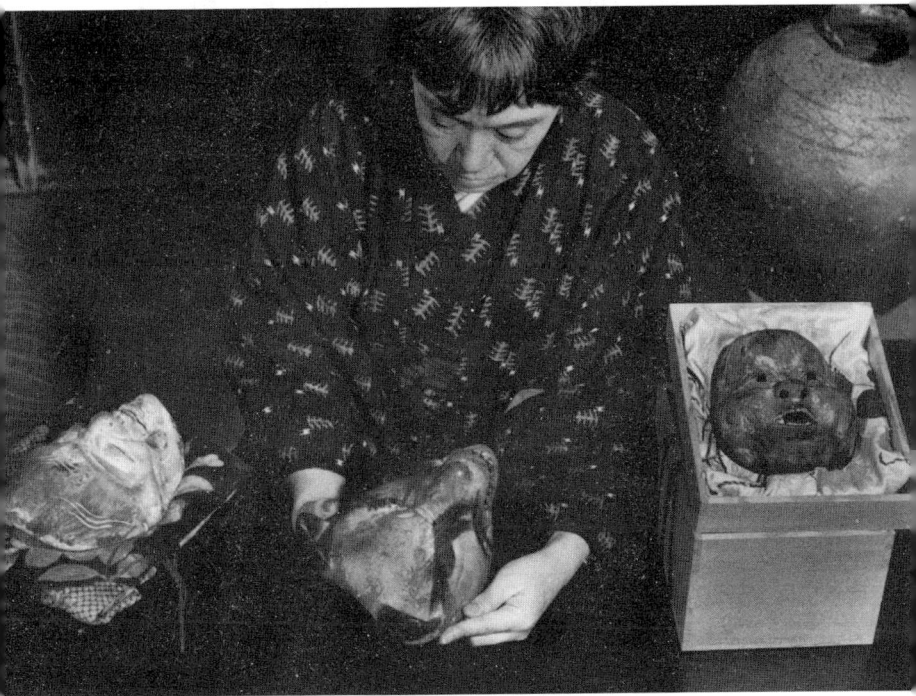

后来，能面从木雕中独立出来，作为综合艺术的一部分而获得了新生。用茶道来比喻，就好像茶道中出现了小堀远州风格的茶碗，这种风格自然会受到鉴赏行家的好评，这没什么好挑剔的。尽管如此，从能乐师的角度看，我觉得很遗憾。

现在看来，河内、是闲等工匠的创作确实有着划时代的意义。但对佩戴能面的人来说，方便省力未必是好事，这样像是被面具牵着鼻子走了。双方力量对等、互相呼应时，才生出艺术的和谐之美。如果屈服于一方的力量，就失去了对峙角力而产生的均衡美感，也谈不上什么"综合艺术"了。

我对今后的能乐师们寄予期望，希望能剧和能面能在他们手里重现初始之姿，重新焕发生机。我不是要他们全部去找那些文物级别的能面。所幸的是，现在还能找到不少价格公道的古代能面。就算这些面具佩戴起来不那么方便，让人觉得不自由，人只要与其对峙，必有所得。而这份所得，会变成一种宝贵的人生经验。

河内风格的能面有种直率的美感，照片拍出来也直观好看。由此，我知道了在舞台上佩戴后清晰好看的类型和截然相反的类型之间的区别。有些能面很难拍，为此我费了很多心思。但是对我来说，就算最终这些能面拍得不够理想，我也享受了过程，从中得到很多乐趣。这部分不上相的能面，无言讲述了很多我从前不知道的事情。

1955 年

景色

朋友请我去他家做客，端出几个酒杯，让我挑喜欢的用。每个杯子各有可观之美，我挑了一个比较大的粉引[1]酒杯。这个粉引只是个平凡之作，但感觉用起来会很舒服。

酒过几巡，半醒半醉，我发现这个原本没什么特别之处的酒杯底部开始出现奇妙的纹样。身边的朋友们正喝到兴头上，我却被杯酒之间不断变化的杯底景色深深吸引，毫不在意席间的热闹。那些杯底景色，像夕阳西下时的天空，彩云奔涌，聚而又散。我不知道自己是喝醉了酒，还是看醉了景色，也可能两者皆有。这种体验正是陶器爱好者的乐趣所在吧。

我向朋友讨来这个酒杯，睡觉时就放在枕边。第二天清晨酒醒后，我打开木盒再看，前一晚的杯底景色竟消失不见了，酒杯装作一副什么都没发生过的样子。我以为是光线的缘故，拿到窗外细看，还是没有变化。这怎么可能呢？前一夜的酒杯到底去哪儿了？

但当暮色降临，杯底的景色又回来了。头两杯还不行，当我喝到第四五杯时，杯底的景致变得越来越灵动，似乎比前一晚的景色还要漂亮。看来这酒杯是个活物啊，而且特别贪杯。

周幽王为博褒姒一笑燃烽火戏诸侯，虽然我这儿没有烽火，但每晚我都喝酒。喝酒这件事，我原本是为了陪朋友才开始的，如今却和酒杯成了朋友。友笑，我便跟着高兴。不一样的杯底风景出现，我便跟着惊讶。也许有人会问："难道你不是在开玩笑？"也许有人这么笑笑："你这不是在做梦吗？"但梦有什么不好？只要这个看似平凡的酒杯，几杯酒过后，可以在我眼中变身天下绝品。

说起来不知该高兴还是难过，每个人身上都有最美的一面，但人们总把这最美的一面隐藏起来，有时是故意的，大多数时候是无意的。如果想把人的这一面勾出来，就需要条件"契合"。即使是凡庸常人，有时也会展现出一番令人惊讶的"景色"。最近我越来越搞不清自己，最初我爱上陶器，究竟是因为喜欢陶器本身，还是因为爱人所以爱屋及乌呢？

1963 年

注 释

1　粉引，一种由朝鲜半岛传入日本的陶器烧造工艺。将白色粉土覆
　　盖于基材之上，经高温烧结而成，形似被一阵风吹动的粉末，故
　　名粉引。

信乐与伊贺的陶器

幽幽紫野茜草生，伴君游，心忧戍卫众，得君振袖释心怀。

——额田姬

这首和歌收录于《万叶集》。作者额田姬曾与大海人皇子相爱，后来分开，写这首和歌时她正与皇子的哥哥谈恋爱。这首和歌记述了额田姬和大海人皇子在开满茜草的皇家围园里散步，前夫向额田姬振袖示爱，额田姬小鹿乱撞，担心会被守野侍从看到。

每当我坐火车从近江八幡途经草津，总会浮想联翩，这首歌说的就是这一带吧。

火车向南，一路沃野，山名与身姿皆美的雪野山、镜山、三上山在视野里忽现又消失，山缝间散落着大大小小的古坟。从古坟中出土的陶器、铜器和衣饰给这首优美的古歌平添了几分风情。

现在收藏在京都博物馆的小小的玻璃容器[1]，有着我从未见过的澄澈的青蓝色，宛如《万叶集》古歌中的一节，让我忍不住心驰神往。额田姬早晚梳妆理容时用的容器，也许就是它吧。

还有从雪野寺出土的童子像，也令我念念难忘。法隆寺五重塔里俗称"哭佛"[2]的一组佛像确实是杰作，但在我看来也美不过童子像[3]。在近江[4]风轻云淡的乡土大地里，现在也还深埋着无数这样的珍宝吧。现在"秘境"的概念很是流行，人们都在舍近求远，却不知秘境就在身边。我一直认为，日本的白凤时代[5]开启于近江，但我自己并没有去过几次。

虽说去的次数不多，但我还记得滋贺大津的旧宫遗迹和比睿山的荞麦老店坂本鹤喜。顺便说一句，鹤喜的鸭肉南蛮荞麦面风味绝佳，堪称天下一品。店里用的鸭是琵琶湖里的野鸭，连骨带肉炖，就连野鸭最肥美的冬天也只是偶尔才供应，想吃的人最好提前预约。

我知道的近江，也就只是鹤喜的荞麦面了。最近名神高速公路的施工现场出土了文物，我去参观过，还买过不少信乐陶罐，渐渐地，我心里的"近江热"越来越盛。近江不仅是日本美术和古歌的故乡，也是古都奈良的化妆间。因为有近江，奈良才出现在历史的大舞台上。我爱上了这片孕育了传说和历史的土地，正好有编辑约稿，请我写信乐和伊贺的陶器，我二话没说就应承下来了。

虽然应承下了约稿，但该从哪里着手，我还没有想法。我没什么专业知识，只蜻蜓点水一样，去了几次，近江这块古地不可能对我敞开胸襟。但再细想一下，大多数读者对近江的了解可能和我一样，几乎是未知的。那么，就当我和读者一起去旅行好了，走到哪里算哪里，与其提前做些肤浅的功课，还不如保留完全的新鲜感。这么想着，我踏上了去京都的旅途。

恭仁京旧址

这次旅行的目的地当然是信乐和伊贺，但就像戏剧和能剧里说的，"在路上"是最有意思的。信乐和伊贺不是我常去的地方，所以这次我打算慢悠悠地绕道一路逛过去。

从京都去信乐有几条路线，最常见的路线是先去大津，再到草津，沿着东海道古道，从水口向西折，翻过山便到了信乐。还有一条古路，顺着旧时的奈良古道南下，沿着木津川向东拐，经过和束、朝宫，再走就到了信乐。两条路线开车的话都只需要两个多小时。我选了第二条路，这条路古已有之，圣武天皇从恭仁京到紫香乐宫往返迁都时就走过。

车到木津桥前左拐，道路忽然变窄，没过一会儿就到了恭仁京旧址。水势滔滔的木津川在这里壮阔迂回，冲积出一片天然盆地。这一带就是《万叶集》里出现过的著名地区"瓶原"，据说这里曾有奈良时代元明天皇的离宫，所以随后的圣武天皇也选中这里建宫。

现在的恭仁京旧址上，只剩下大极殿的几块基石，但从中仍能感受到不负"天平"之名的巍然雄大。我不禁感叹，如果我家庭院里能有一块这样的石头，就再无所求了。

恭仁京旧址我以前也来过几次，第一次的印象最为深刻。说起来已经是二三十年前的事了，那时我想去奈良，因为修桥还是什么原因不得不改道绕远，在路上不经意间看到一个木牌，上面写着"恭仁京大极殿址"。那时正值深秋，背后的大山山势缓缓下降，铺开一片平缓的山坡，从山峰到山麓，风吹过处尽是金黄色的波浪。我不由得感叹，不愧是天平之都，真是一块宝地！宁静无声的午后，我站在古都遗迹面前，感慨全极，不由得心神恍惚。熟悉大和[6]的人，都懂得这种喜悦与伤感纷涌而来之感。我年轻时，经常心中冲动地泛起思古情怀，在飞鸟和山边一带[7]久久地行走徘徊。在大和这块土地上，一定还有古代的精灵神怪潜藏涌动着，一旦被它们附体，就会不可控制，这是我后来经历了很多事情后才悟出来的。一言以概之，一个地方让人心旷神怡，很可能是因为当地精怪在作祟。就像在乡下长大的人到了大城市会生一场大病，我这种关东来的粗人[8]对精灵神怪没有免疫力。我现在做的古都巡礼，说不定也是一种病呢。

无论如何，恭仁京是个神秘难解的地方。为什么圣武天皇急匆匆地弃奈良而去，选择在这里建造新宫殿？其实这也不难理解，因为圣武天皇还曾选过更偏僻的信乐深山，仿佛在躲避着什么。他在仓皇中多次企图迁都，皆以失败告终。与迁都同时进行的，是大佛 9 的建造。造佛那么宏大的梦想，现在冷静思考一下，与疯狂也只有一步之遥。

圣武天皇的辅臣大伴家持 10 留下一首和歌：

> 恭仁新京秋夜长，孤枕苦难眠。

一句话流露出诗人的敏感之心和对纷乱世相的忧虑。他不习惯建成未久的新都，坐卧难安。

天平时代 11 毋庸置疑是日本历史上最灿烂辉煌的年代。天平的辉煌，是贵族之间夺权倾轧纷争里长出的血肉之花。后世也用这朵花来比喻光明皇后 12，她称得上是天平时代的象征。现在想来，妻子如果是这样一朵花，丈夫会有怎样的心境？圣武天皇从吉野到纪州，从难波到恭仁，从恭仁到紫香乐，仓皇辗转，屡次迁都，最后万般无奈，不得不重回奈良，无论怎么看，圣武天皇都不是一个幸福的人。

后世史学家说，这一切都是皇后的兄弟从中作祟。这么看的话，圣武天皇不是一个躲在皇后裙裾后的哀帝。光明皇后是贞节之妻，信仰笃厚、天资聪颖。但是，女性如此完美，未必能给丈夫带来幸福。虽然没有明确的证据，但在我看来，拥有这样一位美人皇后的圣武天皇是个非常寂寞的人。

话说到此，纵观历史，也许这就是日本天皇的宿命。除了几个特例，日本天皇一直是需要依赖豪族的弱者，所以才有"万世一系"的说法。无力的帝王，是日本天皇的姿态，再进一步说，也是日本的美感所在。

通往信乐之路

恭仁京旧址除了基石，没什么可看的。不过，我在小学校的后面发现了一个被人遗弃的石臼。我前几天在土门拳先生的摄影集里看到这个石臼，问过学者后才知道是天平年间的东西。我上一次来恭仁京时，石臼还完好地立着，这次再去看，石臼已经倒了。热闹之地毁于喧嚣，偏僻之地凋零于无人问津，很多美就是这么被损耗的，说起来让人难过。

恭仁京旧址背后的山名为三上山，山腹处有一所宁静的寺院，叫海住山寺。寺中矗立着一座建于镰仓时代（1185—1333）的三重塔，最近刚完成修复。今天我时间不多，所以没有去参观。车子驶回木津川沿岸，没走多远，两岸山峰越来越近，沿着这条路一直开下去，经过笠置，就到了伊贺上野。如果想去信乐，要从和束的岔路口改道，一路开向东北。在和束，有安积皇子之墓。安积皇子是圣武天皇的儿子，本会被立为皇太子，但他在十七岁时意外早夭了。

> 活道山上，昔日皇子徜徉处，今已荒芜矣。

大伴家持为皇子早夭接连创作了六首挽歌，表达了天皇和其他有心之人的真挚哀悼。有传言皇子死于毒杀，还有传言他死于刀下，虽都是传说，但以他所在之位，遭遇这些也不离奇。皇子之墓所在地，古称"活道"。他之所以被葬在如此偏僻的地方，大概因为这里是从恭仁京到紫香乐宫的必经之路吧，正所谓"死者长已矣，生者常戚戚"。

从和束到朝宫一带是产茶之地。不同于宇治茶乡的平原，这里的茶田遍布深山陡坡，一直延伸到河川边上。听说这里的产茶历史比京都宇治更悠久，茶质也优于宇治，我不清楚这种说法是否可靠，但想来茶叶和人一样，比起舒适的环境，也许饱受霜寒摧残之地更适合成长吧。

> 杜宇啼声里，时隐时现采茶人。
> ——松尾芭蕉

很多俳句我平时想不起来，身临其境时自然就脱口而出了，想一想也很奇妙。虽然今年是暖冬，但冬日已深，十二月的寒风照旧凛冽。我眼前浮现出松尾芭蕉的身影。我正经过的这条路，松尾芭蕉也一定多次走过，他那部有名的俳谐作品《猿蓑》中的"回伊贺路经山中"，也许写的就是这一带。

车快到朝宫，要路经一个叫作"汤船"的地方，本应从这里左拐，但我们忘了拐弯，走错了路。错路虽然狭窄，但还算好走，一路还有未落的红叶可赏，待到路越走越窄，我们才恍然发现可能走错了路，但为时已晚。即使想往回返，也倒不了车。这条路更像砍柴人走出的山间小道，一条小溪紧贴着路边流淌，车不时要从流水中开过。事已至此，只能走到哪里算哪里。我心里有多不安，路上的风景就有多美丽。溪谷不知在何时变成了浅滩，倒流的溪水告诉我们已经行至山巅。一路上苍郁薄暗的山谷不见了，出现了石灰岩石，岩间生长着的挺拔的黄栌和红枫，因为有了岩石的衬托，显出一片明媚的鲜红色。我们不是在红叶之中，更像是走在红叶之上。谁能想到在偏僻的深山里，也有这么不为人知的优美景色。

我们就这么折腾着开了一个多小时车，眼前忽然变得开阔起来，终于开到了柏油路面上。回头看来时路，那是一个"丫"字形岔路口，从这里我们再一次回到了大路上。可是如果我们没有走错路，也就看不到刚才的优美景色，莫非是受了狐仙魅惑？不对，一定是圣武天皇亲自为我们引的路。

"信乐"（shigaraki）这个地名，据说是"繁树"（shigeraki）的变音，现在已经找不到繁树的影子，不仅称不上"繁"，连正经的树都没有，只有苍白的山肌裸露在外。莫非因为这里是陶器之乡，为了取土而切割开了大山？还是因为原本就是荒山，树木无法生长？无论是什么原因，冬日的天空下，信乐给我的第一印象是苍白而干燥的，就像朝鲜一带的风景。

再向前走，我们渐渐看到了陶窑。不少人家院子里堆积着盘子，正在晾干。从农家的柿子树间望过去，我似乎看到了采土场。这里的山、田地、墙壁、道路上都是雪白的陶土，如果起了火灾，一切都会烧成信乐的陶器吧，我不由得胡思乱想起来。

紫香乐宫

既然之前去过了恭仁京旧址，我们把陶器暂时放在一边，改道去了紫香乐宫旧址。

车开到小镇边上，我们看到了耸立在东方的饭道山。饭道山因为是山伏 [13] 的修道山而闻名，传说木喰上人 [14] 也在这里隐居过。

与饭道山绵延相连的，是平安时代的古歌经常咏诵的"信乐的外山"。这样的地形环境，难怪会诞生秘密宗教。从信乐到伊贺这一带，无论从东西南北哪个方向进来，都必须翻越一两座山。

没过多久，我们到了紫香乐宫旧址。这一带的地名叫"云井"，周围几个地方还保留着古时的地名，叫作"敕旨""宫町""内里野""寺野"等。传说称德天皇[15]和道镜[16]一起幽居的保良宫就在这附近。

我对历史没什么研究，拿不出具体的证据，但据说修建奈良大佛的诏书是从紫香乐宫发出的。圣武天皇的终生大愿，就是从此处第一次昭告天下的。

诏书写得很精彩，没有命令的口吻，而是充满恳请之情，那是天皇信任子民，请求民众共同携手的恳请之情。后世评说天皇此举是受行基法师[17]的影响，其实，天皇皈依行基法师，完全是出于自身的意志，很多人搞混了这件事的因果关系。就算修建大佛这件事是由行基法师提出，真正执行的还是天皇本人。在我的想象里，修建大佛这一壮举的背后，有天皇对豪族大臣们的失望。豪族的对立面上站着劳苦大众，天皇想借着修建大佛直接与大众联手，这是他最恳切的愿望。

紫香乐宫的建造始于天平十四年，宫殿只被使用了两三年，在这两三年里，圣武天皇也一直四处迁移。紫香乐宫空有皇宫之名，不断遭受火灾和盗贼的侵扰，这未必不是反对新都建设的豪族大臣们在暗中搞鬼。

《万叶集》里收录了那么多诗歌，咏诵紫香乐宫的却连一首都找不到，可见此宫不受欢迎。即使天皇的本愿是为民众着想，最终结果还是事与愿违。看来一件事无论初衷多么纯粹，如果太性急而一意孤行，也很难得到世人承认。就是从这时开始，圣武天皇渐渐身体欠佳，世事不仅不如他愿，甚至走到了与他的心意相反的方向。天皇的病，也许来自心力交瘁吧。

紫香乐宫旧址上的基石，无言地诉说着当时的世事不稳。宫殿旧址在一片长满松林的高坡之上，虽然环境优美，但与恭仁京相比，即使基石数量更胜一筹，仍显得非常简陋。亲眼看到的物体之形，有时能让我们感知到很多比文献更生动的东西。有时连历史也不想说出口的事，实物的形状都告诉了我们。从遗址上看紫香乐宫的营造状况，比史书上记载的还要悲观，我几乎能想象当年它未能完工的情形。历史舞台上灿烂辉煌的天平文化，从舞台背面看，却是一片荒凉落寞。

大佛的建造最初也是在紫香乐开始的。天皇本人和百姓一起在建筑工地上拉绳索的传说，就发生在这里，并不是在奈良。紫香乐地处深山，远离城镇，也许天皇权衡之后选择在这里开工，不仅因为此地产木材，更重要的是能开采出铜和铁。如此说来，在恭仁京附近，有一个叫作"钱司"的地方，听说曾是和同开珎[18]的铸造所。现在看来，圣武天皇迁都选址，仿佛哪里有矿山就选哪里。反过来说，天皇也可能只是为了建造大佛才迁都，虽说只是猜测，但也不是完全不可能。如果真的如此，那么紫香乐大佛以失败告终也是必然的。所以数年后，包括天皇和他的大佛计划在内的一切都被重新带回了奈良。

换一种说法，一切又重新落入了士族豪门手中。天皇被完全孤立了，被夺去手足高高架空在皇位上。王者居其位，必受其煎熬，他一定经历过别人难以想象的痛苦。

我在前文写过，对圣武天皇来说，建造大佛的真意，是想与百姓携手团结。他把心愿寄托在了卢舍那大佛的建造上。多年后，他的夙愿终于以东大寺卢舍那佛的名义成真了，但此佛已与天皇的心愿渐行渐远。当年在青丹奈良大都里，举国关注的大佛开眼仪式当日，跪拜在佛前的圣武天皇，该有怎样的心境啊？

信乐的陶器

信乐小镇比我想象中更有活力。和美浓一带已经看不到陶窑的情况不同，信乐山间冒着白烟的陶窑四处可见。小镇上到处都是陶器，装满陶器的货车在街道上来来往往。学校操场上，孩子们笑语喧嚷。

我与充满烟火气的生活隔绝很久，现在生活就在眼前，不由觉得亲切有趣。这几句写完，我自己也苦笑了。平时我对现实有很多牢骚，现在不到一天的时间里，我仿佛穿越到远古的天平年间后又回到现代，不由得感慨"活着真好啊，能活着真不容易"。

在我们这些远道而来的人眼里，小镇充满了活力，但信乐本地人可能并不太高兴。现在因为信乐烧终于得到了承认，有年头的信乐烧价格高涨，很多人好奇为什么之前信乐烧一直被忽视？这些动静一定也传入了当地人的耳朵里，但这些只发生在古董圈子里，与信乐人似乎无关，他们依旧和过去一样，被经销商压价欺负，日复一日地辛苦劳作。他们一定在自身的现实生活和外界追捧古信乐烧的热潮之间感到了巨大的落差：明明都是信乐烧，为什么如此不公平？甚至已经不能用公平来衡量，一切在他们看来简直无法理解。

这不是信乐独有的处境，日本各处产地都面临着这个问题。越是偏僻的深山，这种处境对当地人的刺激就越大。连我自己也在想，如果运气好，也许能在信乐发现一两个古陶罐，拿回去让朋友们大吃一惊。说老实话，我来信乐一半出于贪欲，一半出于好奇，想看热闹罢了。但寂寞的景象处处都一样，现在无论在哪个原产地，基本上都找不到什么好东西了。

这种趋向在信乐尤其明显。我们喜欢的信乐烧，是信乐当地农民日常使用的种子罐或茶叶罐，生产时间从镰仓时代到室町时代，最晚不超过桃山时代。后来茶道人士根据自己的喜好从信乐订货，信乐烧开始变得迎合市场，便失去了力量。古信乐烧有一种无心为之的美，和所谓的民艺品有所不同，和现在流行的破烂风格也有品格上的差异。这种差别很微妙，只有亲眼看到实物的人才能体会。

古信乐烧最吸引人的，是其结实饱满的外观，这种陶器具有率直健康的魅力，气质犹如古代野武士。实际上，古信乐烧的烧制者差不多就是一群野武士，他们一定没想到，古信乐烧与现代审美合了拍。古信乐烧之美不仅关乎形状，更在于千变万化的色彩。有时它是烈焰之色，流淌着鲜艳的自然釉[19]，带着火焰的跃动感；有时它是沉郁的灰色，让人想起山乡的隆冬。蒙着炭灰痕迹的古器很有味道，器物上崩裂着小碎石子的也令人难以舍弃。就算外观不那么工整，我们只要随便拿起一件，都能从中看到独特的味道。这就是古信乐烧的特征，只要拥有了一个，就会上瘾。

古信乐烧之所以流行，是因为它和近代生活合拍。茶人们很早以前就在关注信乐烧，比如有名的绍鸥信乐烧、宗易信乐烧[20]，这些都只是水罐大小，但是巨大陶罐无法在茶室里使用，平时放在日式房间里也太突兀。可以说信乐大罐是当代的发现。

我特意选了"发现"这个词，在古旧物品中发现与当下生活合拍的东西，是自千利休以来日本人的传统。现代诸事流行独创，如果说现代的地基是过去，那么只有先抓住旧有的美感，才能看清新东西。大家都忘了这个自明之理，也许不是忘记过去，而是害怕回顾过去。但是，如果没有背负传统前行的勇气，创造新事物的力量又从何谈起？人做事可不像母鸡下蛋那么轻易。

信乐小镇

无论是说陶土，还是谈工艺，信乐这个地方都适合制作大物件。说起信乐陶器，人们马上会想起火盆和狸猫摆件。实际上，如果在信乐车站附近走走，你就能看到各种各样的陶器，不仅有火盆和狸猫，五重塔、观音菩萨、维纳斯女神、撒尿于廉摆得到处都是，几乎无处落脚，堪称壮观。那种杂乱无章的样子，就像现代日本的缩影——遍地的东西，却找不到一件心仪的。我们印象中的信乐烧，和信乐的陶器是两回事。

我很想知道信乐是如何堕落至此的。这种异常混乱的情状，并非农民的生活消费能力所致。这种混乱也不是迷路，原本有目的地的混乱才叫迷路，信乐没有这种健康向上的不知所措。渐渐地，眼前的狸猫和维纳斯都让我觉得害怕。

同去的陶艺家八木一夫先生安慰我说，堕落也好，落到谷底后，也许会有转机。他说这种混乱其实也算肆意痛快，事到如今，一味守旧仿古也没有意思，再怎么仿古，说到底还是模仿复制。他这一番话说得慷慨激昂，但是，维纳斯和撒尿于廉不算模仿复制吗？

学校旁边有一所陶器试验场，场长平野先生待人亲切，百忙中抽出几日为我们做向导。他身处信乐的民生经济之中，一定尝遍了其中的苦乐滋味。

他告诉我们，狸猫摆件的热潮已经渐退了，当下坊间流行室内绿植，所以大号花盆很热销，甚至卖到了海外。确实，像信乐这样能做大型陶器的地方并不多，比起维纳斯，大号花盆也更像正经生意。听到这里，我心里轻松了不少。信乐车站附近堆积如山的杂乱陶器，可能只是卖剩下的，信乐的正经营生一直在游客看不到的地方进行着。尽管如此，我还是觉得信乐的陶器还有许多用途值得推广，比如建筑花砖，难的是缺乏能把信乐的技术和传统转化成实用品的建筑家和设计师。

试验场的陈列架上摆满了各种陶器，从日本中世——平安时代末期至战国时代的素烧赤陶一直到现代作品都在其中。架子上有紫香乐宫遗址出土的瓦片。与天平时代的其他文物相比，紫香乐宫的基石瓦片上的唐草纹样显得粗陋潦草，又一次让我想起当时的仓皇狼狈。

在信乐小镇上，还有信乐烧成形之前的须惠器窑址。和近江一带一样，这里的须惠器窑址也是东亚大陆迁徙而来的人留下的。关于须惠器一直有个疑问：早期须惠器用辘轳成型，形状齐整，为什么后来风格剧变，变成了农民粗陶呢？前后风格迥异，连接不上。这一现象也出现在常滑和备前[21]，但信乐最为明显。有些鸟类可以在一夜之间灭绝，但人的行为并不会轻易发生变化。如此说来，世上有太多的不解之谜。

但是没有直接关联并不等于传统的流失，传统的继承有时会发生错位。信乐烧的诞生虽然改变了陶器的外观，但陶器的传统依然可以视作得到了新生。当下的状况可以说正相反，信乐陶器只有技术被继承，传统已经消失不见。这种情况现在处处可见，不仅仅是在陶器领域。

说起来也许对平野先生失敬，试验场里没什么有价值的史料。只有两三点让我留意在心，在这里记一笔。室町时代制作了大量的捣磨陶钵，钵壁图像一律是一组四条细纹、依次绘制，其中一件陶钵的钵壁上有铭文"南无阿弥陀佛"，并标有"长禄二年"（1458），据说被用作了棺盖。当时，人们用日常生活中随处可见的种子罐、茶叶罐装遗骨，拿日常用的陶钵作盖子，听上去虽然不讲究，但也显示出了人们对日常道具用久生情、恋恋不舍的可能。

试验场的陈列架上，还摆着一些直到不久前还在火车便当中使用的茶壶、茶碗，其中不乏精彩之作。现在火车便当都改用了塑料盒，想起不久前我们还在用着这么漂亮的陶器装便当，我心中不由得泛起了怀旧之情。

我还看见一个益子[22]烧风格的大茶壶，上面描画着常见的益子烧山水画，但做工比益子烧精致很多。我问了场长，他说这种茶壶最初是信乐制造的，后来被益子人偷师学走了。

离紫香乐宫不远的"敕旨"之处，有室町时代捣磨陶钵的窑址，随便一挖就能挖出室町时代的碎陶片。捡陶片不是我的兴趣，听说最近有很多不守规矩的人带着铁锹来这儿挖陶，试验场从来不让这帮人进入，当地人没少为此烦恼。

在信乐的五位木、长野、槙山、神山一带有很多古窑遗迹，大大小小有一百五十多个，想必以后还会有更多窑址被人发现。这些窑址都在采土场附近，如此看来，信乐真的是陶乡。

现在信乐依然有丰富的陶土资源，很多采土场用卡车运土。现在别的地方烧陶早已改用煤炭或者柴油，但信乐很多陶窑至今依旧在烧赤松木，不过，变化也在发生，这些陶窑跳过了煤炭时代，在向柴油时代转换。

平时我对陶土没有什么专业兴趣，但信乐的采土场让我觉得新鲜有趣。土场荒芜如沙漠，名为"木节"的黏土[23]被视作最优质的原料。能采集到木节黏土的地方，附近多有黑色的朽木化石，以前我只听说过，这次才亲眼看到。话说回来，我分辨不出木节黏土和其他陶土有什么区别。只要这些自然恩惠还在，不管好坏，信乐烧就会一直存在。只要信乐烧存在下去，希望就永远不会消失。

通往伊贺之路

从信乐小镇的边缘到伊贺，一路上可以看到不少窑址。

伊贺和信乐相距不远，两地以一山为界。所以俗称信乐烧的陶器中，有不少产自伊贺，强行区分两个产地没有意义。实际上，伊贺和信乐的陶器，在桃山时代之前被称为"信乐烧"，因为信乐名气更大。

有些茶道道具被称为"伊贺烧"，像旅枕花器[24]和水指[25]这些伊贺烧是在茶道兴盛后才问世的，问世时间和陶器气质与信乐烧不同，如果并称，难免会让人误解。我从古时的茶席记录中了解到，茶道里所用的伊贺烧是在桃山时代后才出现的。正如我之前所说，桃山时代之前的伊贺烧，都被视作了信乐烧，从这一点上看，要区分两者十分麻烦。但只要是稍微懂点门道的人，不用详细解释，也能一眼看出两者本质上的不同。

说老实话，我虽然喜欢信乐烧，但是讨厌那些桃山时代以后制作的茶道花器类的伊贺烧。这是我的个人喜好，读者们不用介意。虽然话不能说得太绝对，但一般茶道伊贺烧那种特意模仿自然的做作姿态，实在有些画蛇添足，让我难以接受。有些人把这种矫揉造作之姿形容成"岩石之威严""空谷流水之音依稀可循"，不过都是糊弄人的文字游戏罢了。

"虽然古伊贺花器现在高居花器王位，实际上伊贺的陶器过去并不太受人追捧。翻看古书《古今名物类聚》[26]《玩货名物记》[27]，都找不到关于伊贺花器的记载。再看文化文政年间（1804—1829）的买卖价格记录，与其他茶器相比，伊贺花器的价格也不算高。"著有《信乐伊贺》的大村正夫先生如此写道。照此说来，伊贺器物身价陡涨是明治以后的事。现在信乐陶罐无论怎样高价，也不过伊贺器物的百分之一。只能说，东西的价格未必与其美的价值一致。

信乐南部有一个名为多罗尾的村子，是镰仓时代以来的豪绅多罗尾一族的领地，现在村中还存留着这一族的宅邸。多罗尾的祖先是近卫一族[28]后裔，当年近卫基实厌倦政治纷争，幽居在此，子孙后代在此扎根。日本的文化就是这样，在背后支撑着日本文化的，正是这些分散在各地的士族大家。

从多罗尾可以翻山到达伊贺，我们没有翻山，原路返回来，摸索着走了东面的玉泷、槙山一线。古时候这一带曾是奈良东大寺领地，建造卢舍那大佛殿的木材就伐自这里，现在这里归三重县管辖。我们从信乐走到此处，处处山林，青峰连绵，景色很是秀丽。

从槙山南下，我们路遇一个叫作"丸柱"的窑场，四方皆山，环绕着小村，村中陶窑到处升起白烟，这里主要生产雪平陶锅[29]。洁白的墙壁边，雪平陶锅整整齐齐地堆成小山，只此一景，就令人心情爽快。我们再窥看一下墙中人家，一家人都在埋头做锅，无暇休息，生活辛苦，却洋溢着幸福的气氛。

毗邻丸柱，是一个叫作"石川"的村子，据说是大盗石川五右卫门的故乡。但小村看上去气氛祥和，不像是养出大盗的地方。

丸柱村边是一处山口，翻过山口就到了伊贺上野。上山时没什么困难，下山却是陡峭的坡路。我们一路俯冲着下山，穿过松木林，树影缝隙中望见的白凤城[30]，让人过目难忘。

我们终于来到了松尾芭蕉的故乡，观阿弥[31]据说也出生于此。比起这几位，最近伊贺名声在外，更多是因为伊贺忍者。在我看来，俳句、能乐和忍术之间似乎有某种关联。四面环山的伊贺孤立于壮美的天地之间，人在其中，很适合静息埋头专注着干些什么。如此说来，伊贺陶器身上似乎也潜藏着一种忍者气质，伊贺花器默默藏身在那些幽暗茶室的壁龛里。而世阿弥和松尾芭蕉，却从这个阴湿的世界脱身而出，在大都里绽放出了才情之花。

伊贺上野

伊贺上野的镇中心离车站很远，因为当铁路铺设到这里时，曾遭到居民们的反对，由此也可以看出伊贺的地域性格。因为交通不便，城下町 32 的传统风韵还在，对我来说，真是再庆幸不过了。

白凤城位于镇中央的高坡上，遍布青苔的石墙蔚为壮观。伊贺以松尾芭蕉和伊贺烧而闻名，无论如何，松尾芭蕉在伊贺稳坐头把交椅。白凤城里新建了芭蕉纪念馆，收藏了不少关于芭蕉的文献。我去的时候已近黄昏，纪念馆已经关门，未能参观。纪念馆是一座现代风格的建筑，简洁大方，让人心情敞亮，不知是由哪位建筑师设计的。

寻找芭蕉故居花了我们不少时间，但是当地人似乎对这些不感兴趣，在哪里都是这样。芭蕉的生平此前我不太了解，出乎意料的是，他出身平民，父亲靠教书法谋生，看来家境并不富裕。我其实没有走访名人故居的爱好，不过，一旦身临其境，心里依旧泛起无限感慨。

岁末归乡，旧屋觅见我胎儿时的脐带，思亲泪下。

芭蕉的这首俳句我很喜欢，不知是不是他在此处吟诵的。当我看到他贫寒的旧居时，我心中认定了他笔下的"旧屋"就是这里，还能有什么其他地方呢？

比起芭蕉旧居，更广为人知的是蓑虫庵。蓑虫庵是芭蕉弟子服部土芳的故居，庵名来自芭蕉的名句"深秋寂寥入草庵，一起细听蓑虫哀鸣"。如今在改建得很优美的庭院里，秋虫的哀鸣已经无处可寻了。

芭蕉那句著名的"但见樱花开，万千往事复徘徊"是蓑虫庵花园名字的来源，花园有了"万千园"的名字，却让人没有了思往事的气力。园子现在归私人所有，从院门的铁栅栏缝隙里看去，依稀可见园子一角种着树，看上去像是垂樱，园子尽头能看见优美的远山。思往事这件事，如今做起来竟如此麻烦。园子里放置了太多山岩，花木如此繁茂，再隔着铁栅栏，想接近芭蕉实在太难了。

过去这里曾是藤堂新七郎[33]家的庄园，史说当年主君年少夭折，才有了芭蕉的离乡出走[34]。其中真由无人可知，世人只知道芭蕉多年漂泊之后，重归故里，面对昔日主人留下的孩子，写下了这首"但见樱花开，万千往事复徘徊"。想来确实是往事万千啊。我再一次感慨，逝者已矣，唯留生者长叹息。

与芭蕉相比，观阿弥和世阿弥的旧居早已了无痕迹。

据说就在不久前，这里还有田乐旧址，不知道旧址和观阿弥父子有没有关联。《申乐谈仪》[35]中提到过，观阿弥出生于伊贺小波多；世阿弥留下的翁能面具后来也是在伊贺被发现的。观阿弥父子身为流浪艺人，四海游吟，本质上说是无根之人。对他们来说，居无定所乃是无可奈何，并非缘于佛教的"即心即佛，不着一物"的思想。

过去，这一带曾是通往伊势神宫[36]的必经之路，也是从奈良吉野出发，经过名张，一路北上去滋贺近江的要害之地。壬申之乱[37]时，天武天皇曾举兵于此处。顺便提一句，天智天皇的妃子伊贺采女，娘家就是伊贺豪族，可见早在白凤文化[38]之前，伊贺和大都已经建立了深厚的联系。

白凤年间的文化繁荣景象，如今只能从出土文物里窥看一二。如果没有那时伊贺与大都之间的渊源，也许后世的松尾芭蕉与世阿弥也无从出头。历史悠久之地似乎连空气都更厚重一些。这么说的话，前一段时间奈良春日大社举行若宫祭时，我结识了一位伊贺来的管事老人，他的祖辈上溯千年都是春日大社的信者，让我颇为惊讶。

但是现在对年轻人来说，提起伊贺，他们更感兴趣的是《伊贺越复仇记》和伊贺忍者。

复仇记的舞台键屋十字路，位于上野市西部，那里是通向奈良的官道入口，巨松边上有间茶屋，荒木又右卫门和渡边数马便是埋伏在此迎击仇敌。四下风景活脱脱是一处武打片外景地，逼真得让人不敢相信。

说起忍术，读者们可能比我了解得更详细。我只听说过忍术并不是伊贺和甲贺的专利，最初日本各地都有，后来才缩小到几个固定的地方，其中有德川幕府政策的原因，也有地理位置的因素，伊贺和甲贺的地形与民风氛围特别适合习武、发展秘密宗教。

在忍者组织内部有严格的上下级关系，从大名级别的上忍，到被称为"素破"的下忍，忍者的内部组织关系极其复杂。在上野市中心，有一座像是旧日武士宅邸的院落，我探头窥看，里面写着"此处非忍术之家"。现在忍术故事风靡一时，这家人想必饱受侵扰，武士被误解成忍者，心里一定不怎么痛快。但无论是武士还是忍者，都是不见天日的职业，刀口舔血，勉强维生。芭蕉自我勘破，把自己视作"无用之人"[39]。忍者与芭蕉相比，在人生境界上有云泥之差。我不知道伊贺在古代的雅称是什么，奈良的初濑雅称是"隐国"，在我看来，伊贺才称得上"隐国"，远比初濑名副其实。在回奈良的路上，这个念头反复浮现在我脑海中。

我是独自一人回奈良的。八木和藤川两位先生、出版社编辑都想再拍些照片，留在了上野市。回程时已近黄昏，山间暮色渐晦，路边山谷深深，传来流水声，不知这水源名叫什么。就这么沿着木津川的溪水，我穿越无数山口，经过岛原、月濑口，待到走过笠置，天色已晚，车开过恭仁京旧址，我才知道自己走完了一个大圈。回想一下，这一路真长，虽然实际旅程只有两三天，与我心中沉甸甸的感受相比，时间和距离不过是虚无的数字罢了。

我正思索着，眼前陡然变得开阔，夕阳烧红了半边天，蔚为壮观。木津川河堤是我原来就喜欢的景色，也许因为刚刚出深山，我愈发感觉今日景色非凡。此时夕阳已经落到生驹山脊的背面，留下半天深红。天空高远，落日余光连绵，犹如金色佛光，让我想起"紫云缥缈"，看来这个词是写实，而不仅是修辞。我出生在此地，血脉真情亦在此处，也许雅典卫城或波斯古国的夕阳更加华丽，但能让我如此心潮澎湃的，唯有大和落日。

无意中一回头，在我刚刚走过的山巅上，升起了一轮满月。

此时无须多言，说什么都显得陈腐。此情此景，古人在诗歌中咏诵过，我从书本中读到过，但想来也许只有今天，才算亲身经历了。但是美之时刻转瞬即逝，月上中天时，天空已变回了平常的模样。

湖南风景

前几天我在《旅》杂志上读到了水上勉先生写琵琶湖北风景的文章。水上先生文如其人，气质暗郁，将琵琶湖的寂寥景色描写得十分生动。我被文章打动，这次旅行以信乐为主，距离琵琶湖不远，我自然而然地踏上了去琵琶湖南之路。

近江这个地方，以琵琶湖为中心，湖之南北，气候、风俗、人情都大不一样。只从自然景色看，湖南明媚，湖北阴郁。车开上名神国道，从京都一路向栗东而去，湖边景色从车窗外滑过，不到一个小时，就到了水口。水口过去曾有驻守城池，是东海道上的一个繁华之地。

我在前文提过，从水口再向西，翻过山就是信乐，今天我打算在水口一带驻足游玩一番。为什么是水口？因为这里有我最喜欢的芭蕉俳句石碑，说得再准确一些，我喜欢的并不是石碑，而是芭蕉在此处留下的俳句：

在我们的两生之间，还有樱花的一生。[40]

贞享二年（1685）芭蕉回到故乡伊贺上野，待到春天从奈良巡行到京都，途经大津，落脚在水口的旅店。而蓑虫庵主人服部土芳此时也正在旅途中，归乡后得知芭蕉行过此处已经离开，土芳急忙返身去追，终于在水口追上了芭蕉（他应该是知道翻越信乐的秘密近道吧）。这是土芳与芭蕉时隔二十年后的重逢，芭蕉在俳句中讴歌的便是此番重逢之喜。

只用"喜悦"来形容芭蕉的心情未免显得浅薄。在俳句背后，一定有着"万千"旧日回忆，有着二十年岁月风霜的重量。或者应该说，这一句沉甸甸的话承载了生命之重。这句俳句只有十七音，却有着长调般的余韵回响。

这一名句无须我多言，只要看着两人之间烂漫盛开的樱花，便足矣。

土芳在《蓑虫庵集》里写到，芭蕉去世后，他梦见了此次重逢。土芳的记载里并没有动情的词句，缥缈笔致的背后，人们还是看到了他满怀的哀惜。也许对他来说，这一切痛彻入骨，无法诉说吧。

从水口向东北是日野町，这里以日野菜和日野碗而出名。鸭长明在《方丈记》[41]里提到他隐居在"日野外山"，但昔日方丈庵的踪迹如今已无处可寻了。

从日野到八日市，一路上有一些三彩和须惠器窑址。在一个叫作樱川的地方还残留着白凤时代的石塔。这是我所知道的最古老、最优美的石塔，直至今天才有机会亲眼所见。虽然有假公济私之嫌，但是我是真的想把这座塔介绍给读者们，所以特地绕行去了那里。

到了樱川，路边的标志上写着"阿育王塔"。我顺着标志的方向沿着山路右拐，眼前出现了一座石塔寺，寺中到处是小小的石佛，我们气喘吁吁地爬上石阶。不负其名，出现在眼前的是一座优美得令人屏息的石塔。在那一刻，世上成千上万的五轮塔和石佛，在这座石塔前都显得逊色了。

石塔造型优美，颜色动人，象牙白色的基石，微微泛着紫色的塔顶，与四周景色协调地融在一起，简直是天作之合，既温柔又充满力量。塔尖上的九轮据说是后来修补的，不过，总体优美动人的话，谁还会在意那一点儿小瑕疵？

听说在韩国庆州也有类似的石塔，据亲眼看过的人说，只是外观相似，樱川的阿育王塔说到底还是日本的东西。近江平原从古代起就是朝鲜半岛移民的居住地，尤其是樱川附近，在朝鲜半岛百济王朝灭亡后，百济王子与贵族曾亡命于此。虽说我的记忆不可靠，但眼前这座塔是最好的证据，证明日本文化的源流在朝鲜半岛。从朝鲜半岛迁徙而来的人们望乡情切，想亲手再现故土的艺术，但日本风土和原材料不同于朝鲜半岛，做出的东西自然也不一样，差异也许不大，但终究有别。换句话说，这些不是混血杂交，正因为相似，所以才成立。它们不再是朝鲜半岛的东西，显然是日本独有之美的觉醒。

此时晴空万里，不见一丝云彩，矗立在佛像群中的石塔有种王者风范。塔下的无名石佛们，仿佛是被塔的优美身姿所打动，自发汇聚而来。此番风景，在京都念佛寺和京都石塔寺里也能看到。也许有些人会觉得阴森吓人，在我看来，眼前的景色仿佛洗去了俗世凡尘，让人身心轻松爽快。

石塔寺在一片长着小松林的高坡上。也许是我的错觉，连松林风声也不像是日本音调。可能因为香客不多，寺中住持寂寞久了，过来亲切地和我搭话。

我问住持有没有寺院简介，住持说寺中有室町时代的版本，因为香客甚少，所以没有印刷，如果我想要，可以日后给我邮寄过去。我回到家后，收到了邮寄来的简介。据寺史文献记载，古印度摩揭陀国阿育王在释迦牟尼涅槃后建造宝塔，内装佛舍利赠予诸国，其中一座飞到日本，落在樱川。难怪寺名叫作阿育王山石塔寺，实在是一段佳话。我一直忘不了这座石塔，之后又去拜访过很多次。

翻过石塔寺背后的山，我们折向百济寺。这一段路刚建成不久，路况很好，道旁是赤松林。我们从中开车兜风穿过，十分舒服。

百济寺位于八日市东边的爱知郡山边，我们此行前往，是
为了看看寺内镰仓时代的塔下最近出土的信乐陶罐。但话说回
来，陶罐的年代只能从外观上大体推断，全凭感觉，镰仓时代
也好，室町时代也罢，都只是说说而已。这类陶罐原本就是杂
用器具，能做出明确断定的实属少见。说得彻底一点儿，除了
视觉，可靠的只有直觉。这些陶罐至少是从镰仓时代的塔里出
土的，还算有了一个判断年代的依据。

百济寺建于推古天皇[42]时代，正如寺名中的"百济"所
指，此寺是圣德太子[43]为从朝鲜半岛百济王朝迁徙而来的人
们建造的。从平安时代到镰仓时代，百济寺逐渐成为一座拥有
"二百坊、二千众"的名刹。现在寺庙几近荒废，站在山门前，
我甚至能感到寺中流动着幽邃之气，繁茂的巨树让人想起往昔
的兴盛。百济寺紧贴着山势而建，形状细长。我们登上陡峭的
高坡，看到一个像是学校的建筑，问过才知道那就是正殿。

向寺院中人解释了来由之后，他们马上拿出陶罐让我们细
看，寺院里的人简单明了，很好打交道。我们一直挂念的陶罐，
有着被惯称为"蹲形"的外观，颜色火红，上面挂着充沛流淌的
自然釉，能看见柴灰留下的印迹，自然生动，实属佳作。

八木先生像用指尖拈起泥土一样来回抚摸陶罐，一边不停
地感慨"手艺真差劲"。画家看画也常用这种眼光，这种恨不
得自己动手重造一回的视角很有意思。他所说的"手艺真差

劲"，其实是他独有的反话，这种"差劲"是现代陶艺家们无法模仿再现的，他们羡慕的同时，也为此难过。陶罐的罐口做得很细致，歪扭的罐身也很生动，真是一个带着《平家物语》⁴⁴气质的器物，不是平家的贵族公卿做派，而是源氏才有的粗莽风貌。

发现陶罐的塔迹和金堂遗址都在更高的山坡上，我们实在没力气爬上去了。最近这里在修路，几乎每天都有出土的陶罐，今天也有新发现。住持问我们想不想看，我们便跟着他转到香积厨后门，那里堆积着不少还带着泥土湿气的陶罐，常滑烧、信乐烧、备前烧之类的都有，有的罐子里还有遗骨，让人瞠目结舌。我不禁感慨世上陶罐无数，佳作却寥寥无几。

香积厨后门的风景倒是十分优美。

"圣德太子就是从我们右手边的那座山看到了这里，才选定在此建造寺院的。"住持这么说，那口气就像当时他也在场似的。眼前的景色确实壮观，远方的湖水雾气氤氲，近处是我们刚经过的石塔寺所在的高丘，山势连绵，重峦叠嶂，一直能看到高耸在远方的比睿山。比睿山真是一座无论从哪个角度看都能一眼认出的名山。

现在我们眼前这片开阔的平原，就是当年天智天皇的狩猎场，几缕河川闪着银光徐徐流淌。这时，我才真正明白了什么叫作"幽幽紫野茜草生"。正逢夕阳西下，水汽从湖面升腾而起，湿润了广袤的平原，满野薄暮，紫气如烟。说不定，当年的额田姬路过此处在寺中驻足歇息，在忙于猎鹿的众人之中，看到了心上人的身影。她从远方凝视着，才咏出了那首歌，眼前这片景色让我相信一定是这样。

　　淡海之海上千鸟飞过，声声鸣啼令人心怀古生惆怅。

　　怀古生惆怅，这不是作诗之人的独自叹息，也不是献给旧君的挽歌。而是只要我们活着，就会一直徘徊在我们心间的悲伤吧。

1964 年

注 释

1　玻璃容器，指的是崇福寺舍利容器，出土于大津崇福寺旧址，7世纪时的早唐文物。青蓝色玻璃瓶中藏有三粒水晶舍利子。

2　哭佛，法隆寺五重塔内的释迦牟尼弟子群像，刻画了释迦牟尼涅槃后众弟子悲伤的样子。

3　白洲正子曾在《近江山河抄》中写道："已故的考古学家水野清一先生曾带我参观过京都大学考古学的教室。当时在排列着出土文物的玻璃架角落里，我发现了一尊美丽的童子头像。一问得知是在近江的雪野寺出土的……突出的眉毛线条，唇与颌之间饱满的温润感，都是白凤时代面相的特征。在他轻轻闭合的眼眸中，好似有一滴泪摇摇欲坠。这神圣而又无邪的表情，让我联想起他叩拜时的姿态。自此，雪野寺的名字就印在了我心里。"

4　近江，其领域大约为现在的滋贺县。

5　白凤时代，始于 645 年，止于迁都平城京的 710 年。日本的国家制度与文化在这一时期初步成形。

6　大和，奈良县的古称。

7　飞鸟和山边一带，奈良县内地名，是日本重要的历史文化旅游胜地。

8　关东来的粗人，奈良京都等古都属于关西地区，是日本文化源远流长之地，与此相对，关东在古代是文化蛮荒之地，大臣遭贬，有可能被发配到关东。尽管后来日本文化和政治中心移到关东，但作者在这里仍然自嘲没受过什么文化熏陶，是从关东来的粗人。

9　大佛，指的是位于奈良东大寺大佛殿内的卢舍那佛像，是世界上最大的古代铜铸佛像。

10　大伴家持（718—785），日本奈良时代的贵族歌人。

11　天平时代，狭义上指圣武天皇在位时以天平（729 — 748 ）为年号的时期，广义上涵盖整个奈良时代（710—794）。这一时代中国盛唐文化在日本开花结果，东大寺的建成，《万叶集》的编纂，鉴真和尚东渡都发生在天平年间。

12 光明皇后（701—760），圣武天皇的皇后，正仓院的创建者。

13 山伏，日本古神道信奉森罗万象里皆宿有神灵，在古神道信仰的基础上，又有入深山修行的山岳信仰、佛教、密宗等要素加入，由此确立了修验道。山伏即信仰修验道的走山苦行者。苦行者头戴多角形法帽，身穿麻制袈裟，身上悬挂铜铃，手持锡杖，佩戴法螺贝。

14 木喰上人（1718—1810），日本佛教云游僧人，佛像雕刻家。避开火食、谷物，只摄取树木果实和草类的修行手段，称为木喰戒。施木喰戒的僧人通称"木喰"或"木喰上人"。文中的木喰上人特指 18 世纪的云游僧人、佛像雕刻家木喰明满，他一生云游，每到一处寺院修行，就雕刻一尊木佛以示敬谢。

15 称德天皇（718—770），圣武天皇之女，日本第四十六代、第四十八代天皇，日本历史上第六位女性天皇。

16 道镜（？—772），奈良时代的僧人，深得称德天皇宠幸。

17 行基法师（668—749），奈良时代僧人，深受民众支持，也深受天皇信任，负责指挥修建了奈良东大寺。

18 和同开珎，铸造于 708 年，被学界认为是日本历史上最初的流通货币。

19 自然釉，在入窑烧制的过程中，柴灰飞散到素陶身上形成的自然釉彩。

20 绍鸥与宗易均为日本战国时代茶道宗师，绍鸥指武野绍鸥，16 世纪富商、茶道名人；宗易，即千利休，武野绍鸥弟子。

21 信乐、常滑、备前、濑户、越前、丹波地区的古窑场并称"日本六大古窑"。

22 益子，位于东京以北的栃木县南部，19 世纪中期才开始出现陶瓷业。

23 木节黏土，内含炭化木片等有机物，呈灰色、褐色或者暗褐色。

24 旅枕，一种小型枕头，旅行时可随身携带，通常中间有空洞，可以放置旅途中要用的其他小物，一物多用。旅枕花器是一种茶道花瓶，状如旅枕。

25 水指，即水器，承净水的容器，用来给茶釜添水或清洗茶碗。

26 《古今名物类聚》，由著名茶人松平不昧编撰，以图文并茂的形式记载了当时的茶道名器。

27 《玩货名物记》，日本第一部出版发行的"茶器名物记"，因被列入江户地志《江户鹿子》中，而广为人知。

28 近卫一族，镰仓时代五大宫廷贵族之一，五大贵族即近卫家、九条家、二条家、一条家、鹰司家。

29 雪平陶锅，一种带把手的小陶锅。

30 白凤城，即伊贺上野城，始建于 16 世纪。

31 观阿弥（1333—1384），猿乐师，"猿乐"是"能"的前身，明治时代中期以后"能"与"狂言"并称为"能乐"。观阿弥与其子世阿弥同为能乐艺术的集大成者。

32 城下町，起源于战国时代，是以藩首城堡为中心建立的市镇。

33 藤堂新七郎，即藤堂良胜（1565—1615），武士。

34 芭蕉从少年时便在藤堂家做仆人，侍奉比他年长两岁的少主良忠，芭蕉受良忠影响开始学俳，两人拜在同一师门下。1666 年良忠去世之后，芭蕉离开故乡，终身漂泊，以俳为生，以俳终老。

35 《申乐谈仪》，世阿弥晚年与次子的谈艺会话记录。

36 伊势神宫，位于三重县伊势市，是祭祀日本神话中天照大神的国家神社，日本神道教最神圣古老的神道场所。

37 壬申之乱，是一场发生于 672 年的日本皇室内乱，涉及社会各个阶层的政变。得到地方豪族相助的天智天皇之弟大海人皇子揭起反旗，目标直指天智天皇的太子大友皇子。

38 白凤文化，从大化改新到迁都奈良前一段时期的文化，这一文化以佛教文化为中心，但前期受中国六朝文化的影响，后期受中国唐朝文化的影响。

39 芭蕉深受庄子影响，"无用"引自庄子的"无用之用"，"无用之人"大意是说，芭蕉不追求"成材"，更愿以"不材"之姿逍遥于乱世，而武士和隐者等"成材"之人，一生要忍受"有用"的限制。

40 在水口的樱花树下，松尾芭蕉与服部土芳时隔二十年重逢，盛开的樱花也显得辉煌动人起来。"两生"指的是经历二十年风雨终于相见的两人。

41 鸭长明（1155—1216），日本诗人，所著随笔《方丈记》与《徒然草》《枕草子》一起被称为"日本古代三大随笔"。鸭长明晚年在京都郊外结庵隐居，草庵只有四方一丈大小，遂称"方丈"。

42 推古天皇（574—628），日本第一位女性天皇。

43 圣德太子（574—622），日本飞鸟时代的政治家、思想家和佛教哲学唯心主义者。

44 《平家物语》，日本镰仓时代"军记物语"代表作，记叙了源氏与平氏的争权之战，描写了平家没落与消亡的过程。

盛开时
胡枝子

几年前，出口直日先生在壶中居举办作品展，我从作品目录上第一次看到了她的作品。其中有件很棒的备前德利 [1]，我有心想买，到了会场发现已经卖掉了，并且几乎是在营业时间一开始就卖掉了。问过负责人后，我才知道买家都是些陶器行家。

最近各种陶器展览会很多，但即使是人间国宝的作品展，我也找不到什么想要的，当然也是因为价格昂贵，难以下手。相比之下，出口的作品有种纯真的初心，非常美，是真正的好东西，我很久没有如此动心了。那天她不在会场，我请人代为转达我想要购买她的作品的心意，之后就掉头回家了。几个月后，我收到了龟岗天恩乡 [2] 的邀请。

我记得那是夏末晴好的一天，同行的还有京都的美术史专家白畑良先生。那是我第一次见到出口先生，她人如其作，纯真直爽。她亲切地款待我们用餐，炸藕、拌豆角、盐烤鲇鱼，用的都是当地食材，非常美味。这些菜都盛在她自己做的食器里，随意又大方。对我来说，这餐饭实在是难得的享受。

饭后，她把各种陶器摆满茶几，看来先生还记得我的心愿。我也就不客气了，表示想买其中的一个茶碗，先生听后自言自语地说："啊，果然……"我向她询问详情，才知道此碗是她最早期的作品。一个艺术家，一旦技巧稍微成熟，无论怎么努力，有些东西终究会消逝，只有在早期的一些作品里，才有那种难以言喻的拙意。最近她悟出了这个道理，正为此心中不安。

但我觉得，能悟出这个道理的人，不用担心"消逝"的发生。果然，先生现在技巧日趋成熟，作品越发显出一种醇厚端正的气质，这种纯熟感，可以说是她的第二初心，我想这也出自她的为人和性格。现今时代里这种东西逐渐消失，先生的存在由此更显得珍贵。陶器、织物、能乐等，这些日本真正的好东西值得世人去珍重、去继承，直日先生让我放心，这份重任她担当得起。

临走时，我们参观了她的私邸，正逢胡枝子花绚烂，庭院静美，犹如琳派³画卷。那一日时节正好，主人佳妙，我在那一日里所感到的身心愉悦调和，恐怕一生中也没有多少次。现在每逢胡枝子盛开，我都会回想起那一日。我会一边回想，一边用直日先生做的茶碗，慢慢地喝一杯茶。

1970 年

注 释

1 德利，日本传统酒器，瓶颈细，瓶身矮圆。

2 龟岗天恩乡，宗教法人大本教的总部所在地。大本教是一种日本本土宗教，开山教祖是一位贫穷的巫女出口直子。本文里的出口直日是教祖的孙女，也是大本教第三代教主。

3 琳派，起源于 17 世纪的一个日本艺术流派，以其精致的纹样、明亮的色彩和优雅的构图而闻名。一般认为本阿弥光悦为其思想奠基者，俵屋宗达为开创者，尾形光琳为集大成者。

乙 狂言面具

已经是近十年前的事情了。有一天不言堂老板坂本五郎先生忽然上门，说他新收了一个室町时代的能面具，想让我帮着看看。这个面具就是本文的主角。我没怎么细看就掏钱买下了。我觉得买古董这种事，再三犹豫还不如不买。有时我不问价就买下，有过买错的时候，幸好买错的东西都不贵，可能是因为它们看着不起眼、不气派，感兴趣的人少，所以要价低。

文章标题里的"乙"，是"乙姬"的"乙"，象征年轻女性。在能面里，"乙"有"次面"的意思。众所周知，能剧很郑重，而幕间狂言却是喜剧。在狂言里，乙面具多用在滑稽丑女的角色上，后来又演变成阿多福面[1]。如此说来，乙面象征着丑陋、滑稽、卑贱的东西，代表着与贵族截然相反的百姓形象。

近代制作的乙面，大多强调其丑陋的一面，真的非常难看。而这个乙面大大方方的，虽然色彩已经剥落，但雕刻线条有力，显得很饱满。我拿在手里端详，越看越觉得有味道。这个世上有些女性的相貌一点儿都不美，但特别亲切动人、充满活力，这个乙面就像这种女性。让我真心觉得美的，正是这样的人和物。

能剧的前身是猿乐。猿乐最初是从滑稽模仿发展起来的。因此，我觉得这个乙面比后来的幽玄能面具年代更久远一些。乙的原型，我想可能是在天岩户前把八百万神逗得捧腹大笑的天钿女命[2]。上古神话故事逐渐被改编成戏，狂言继承了其中的滑稽因素。或许这个乙面并非狂言面具，而是神乐[3]之类活动中的面具，年代要比能面更久远。再说室町时代的面具一般来说会比较大，分量也比这个重。

不言堂经常这样把好东西让给我，我特别感谢坂本先生。坂本先生是一位与众不同的古董商。据他说，最早他在八王子一带开干货店，有一天看见古董能卖高价，忽然开了窍，于是转行开了古董店。他说，干货就算不怕放，放久了终究会坏掉，但古董不一样，越旧越值钱，去哪儿找这么好的事啊。他刚转行那会儿根本不懂古董，也没有人指点，但是他模仿别人一路走来，慢慢地在日本桥开了店。一来二去，不知什么时候盖起了高楼。听说前一段时间，他刚给博物馆捐赠了一套中国青铜器藏品。

古董的世界无论在什么年代都不是略知一二的外行能轻易走进的。坂本先生有今天，一定经历了无数努力，遍尝艰辛，没少受欺负吧。而他自称"笨笨"，始终一副嬉笑滑稽的样子。他哪里是"笨笨"，像他这样聪明到一点儿破绽都不露的人，世上没有几个。他身材瘦小、活力无穷，每做一件事都出人意料、震惊四座。

狂言面具 乙

他一句英语都不会说，却经常去国外收购古董。谈生意靠手势，假装听不懂（也是真不懂，不懂才方便行事），出低价，把现金强塞给对方了事。而且现金是当着对方的面从腰带里拿出来的，对方看呆了，不知不觉就落入了他的圈套。到了海关，他嘴里就重复着"no, no, no!"，趁机过关。他的这种架势可能有些上不了台面，但也没人怪罪他，全拜他的好人品所赐吧。

坂本先生第一次去外国，买回来一顶拿破仑帽，他戴着这顶帽子去拜访梅原龙三郎先生，见面就要梅原先生给他画一幅肖像。当然，梅原先生没有应承。不过自那以来，梅原先生一直对他青睐有加，说他好玩。在火车上向我推销古董的也是他，他那种见缝插针的机敏劲儿，无人可比。关于古董，我是外行，不敢说他眼光有多准、多狠，但他的直觉、敏感是天才级别的。有意思的是，古董商是最擅长在生意里发挥个性的一群人，坂本先生无论入行多久，干货小贩的劲儿始终都在，这正是他的魅力所在。他不拿架子、平易近人，对什么样的木鱼干⁴才是绝味了如指掌，他用辨认木鱼干的锐眼看到了狂言面具中的美。这不是开玩笑，我觉得不懂木鱼干之味的人，也不会有看清事物的眼光。

1970 年

注 释

1 阿多福面，日本传统风俗中常见的面具，也是能乐表演中的女面。

2 天钿女命，日本神话中的艺能女神，被认为是日本舞蹈的起源。

3 神乐，日本神道仪式中的一种敬神歌舞。

4 木鱼干，即鲣节，由鲣鱼身煮熟晒干而成，状如枯木，外观大同小异，只有行家才能辨得出好坏。木鱼干浸出的汤底是日本料理最基础的调料。

茶碗
天启赤绘

赤绘始于宋朝，于明代万历年间达到成熟巅峰，之后渐渐衰退。尽管如此，末期赤绘自有的一种颓废美感却深深吸引了日本人。兼好法师在《徒然草》中说过，观花与赏月，未必花之最盛、月之圆满时最美。确实如此，衰败中有美。从桃山时代末年到德川幕府前期，日本从明朝进口了大量天启染彩和赤绘瓷器。

这个茶碗可能就是其中之一。这种只有线条的纹样被称为麦秆纹，此碗纹样是麦秆纹的变形，虽然色彩艳丽，却不显得杂乱，给人留下爽利的印象。虽是硬瓷，却有着陶器般的柔软感触。可能因为烧制不够彻底，和宣德、万历年间的一流瓷器相比，这个碗像个农村姑娘，虽然好看，但显得贫贱。就算是再喜欢生动有趣茶器的茶人，也主观地认为天启赤绘属于硬瓷，不拿正眼看它，所以这个碗才能被我买到。这个碗有种残次之美，可以说它是一件无心插柳、随机而成的杰作。

虽说不完美也是一种美，但故意追求生涩感和残次感反而丑陋，而只以生涩与残次为美的审美也很扭曲。这个碗没有这些不健康的东西，想来工匠一心想做出美器，但在烧制时没控制好火候和温度。可话说回来，如果此碗烧制成功，现在这种美妙的感觉可能就消失不见了。

这碗是十五年前我从秦秀雄先生手里买来的。众所周知，秦先生是井伏鳟二小说《珍品堂主人》的原型，他不仅是个识货的行家，他自己就是一件珍品。当然，他并非有意为之。他能从别人看漏的东西里找出又便宜又好的物件，堪称"拣麦穗"的名家。他的眼光非常独到，和一般世俗通用的鉴赏眼光不同，所以他的收藏品非常有趣，有些别人根本无法理解的"珍品"，他却为之痴迷。关于珍品的口水话，他说起来津津有味，我没少被抓着旁听。

有一次，他买了一个镰仓时代的根来 [1] 漆盘。东西确实是有些年头的老物件，非常破烂，裂纹多得像竹帘子，看不出是根来漆。秦先生却爱不释手："你看背面！写着建长元年呢！"漆盘背面确实残留着些许朱红色的痕迹，但哪里看得出写着字。秦先生因爱生执念，连几乎不存在的字都看出来了。他身上这些地方特别有意思。进入不了痴迷状态的人，也入不了古董门，痴迷不是缺点，更该称为优点。秦先生对赝品的态度也很坦然："怕买到赝品不敢下手的人，懂什么古董！"他的确有这种气概。古董的真赝是个非常深奥且微妙的问题，在这里我就不细说了。买赝品就像情陷恶女，越是恶女，身上越有女人的真味，也许他想这么说。

总之，这样的人特别容易被误解。本来背后说秦先生闲话的人很多，但像我这种外行，也能长期承蒙他关照，足见他心地善良。他如果听见我这么说，一定会失望吧。他皈依了净土真宗，一向以"恶人"自居。对我来说，他却一直都是位亲切的长者。尤其最近几年，也许是秦先生年事已高，说句他不爱听的话：他现在越来越和蔼亲切了，看着就像一个很随和的爷爷。人本来就复杂难解，别人怎么看他，我根本不在意。至少对我来说，他这样的朋友很难得，没有他，我去哪里买古董珍品？

我不怎么懂艺术作品，也没有痴心妄想着弄懂，但我清清楚楚地明白自己的喜好。可以说我花了几十年时间，才明确了自己到底喜欢什么。看东西应该持客观态度，道理我懂，但终究也只是大道理。即使是再杰出的国宝大作，如果不合心意，在我眼里也不过是一件"看着还不错"的东西。这个世上有众多"看着还不错"的人，让人敬仰，却无法亲近。我花了几十年时间才弄明白这个道理，想来真是愚钝。但是，古董就是这么回事。

古董商常说下手就像赌输赢，我虽不是古董商，这句话对我也适用。如果这个茶碗真的不行，就等于我这个人不行。我被出版社编辑的甜言蜜语所哄骗，开了这个连载专栏，现在有些后悔。写专栏等于向外人袒露自己，我细思觉得可怕，还有些羞耻。

1970 年

注 释

1　根来，一种漆器手法，先涂黑漆打底，上覆以朱漆，用久后朱漆
　　渐渐磨损，露出黑底，红黑相间，十分拙朴。

螺钿硝烟壶

　　京都伏见有一位名叫相原知佑的古董商，他精通佛教美术品，在圈子里非常有名。走在京都的大街小巷，一定能在某一家古董店里遇到他。他不为谈生意，只是走走看看，寻觅好物。据说这是他的健身法，有了这个好法子，他年过八十依然精神矍铄。

　　他见多识广，聊起天来特别有意思，有的话太过有趣，让人听着听着就晕了。因为是古董行，故事总会比别处多。在古董的世界里，有些人性格极其冷静，做买卖可能是把好手，但这些人和他们手里的东西，特别没意思，一点儿魅力都没有。古董本身也带着人格，有时候需要大胆鲁莽一点儿，不然弄不到有意思的东西。

　　相原先生是关东人，年轻时做过贸易商，因为特别喜欢古董才转了行。他也是一位怪人，他的起居做派和一般的商人不太一样。他在伏见的家面积不大，是日本茶室风格，十分风雅。他在烧着围炉的榻榻米房间里招待了我，窗外青苔庭院里放着古坟形状的家形石。适逢春天，凋零了的白玉茶花随意飘落，鲜绿青苔上，雪白花瓣点点凌乱，风流难言。

房间里有一张特别有韵味的矮几，上面铺着雪白的纸。相原先生慢条斯理地拿出古董，摆在桌上给我看。在这种氛围下，一切都很棒。有好几次，我兴高采烈地买了，回家再看却傻了眼。从他的角度来说，他不是故意导致这种结果，是我自己扑上去的。东西经他讲解就令人垂涎，我在不知不觉中着了他的道。但他不卖赝品，而且没有恶意，于是我也拿他没办法。

如果我就此恨上他，似乎有种把他善意当坏心的意思，再说，我自己买的时候很愉快，所以没什么可埋怨的。"古董不亲自买就不懂其中奥妙"这句话有两层意思，第一层是说在博物馆和展览会上隔着玻璃看展品，就算看得再多，书本知识再丰富，也都是表面上的，入不了身；另一层是说"亲自买"这个行为本身，既惊险刺激又好玩。

小林秀雄年轻时，就算没什么钱也会高价买古董，却经常把东西忘在火车上。古董就是这么回事，这种结局也是好的。人们有时候会莫名其妙地买下很无趣的东西，买到手马上就厌倦了，但是如果马上退货，那永远也入不了古董门。东西忘了、丢了，则是另外一回事。

生意人把这种事叫作"积肥"，我觉得很恰当。与物有缘，东西才会到手。就算短暂拥有，也该放在身边试着相处一下。如果转身就放手，换来的也只是心情轻松而已。把古董放在身边，为之懊恼，为之欣喜，为之赞叹，感受得多了，眼光也就培养出来了，不会再上白玉茶花和矮几这些舞台装置的当了。

这篇文章里要说的硝烟壶，是让我感到欣喜的几件古董之一，正是我从相原先生那里买来的。相原先生颇擅丹青，只要是他喜欢的东西，他都会写生，用画笔描绘出来。有一次，我在他伏见的家里翻看他的画帖集时，看到了这个硝烟壶。

我问他壶在哪儿，他说已经被濑津先生买走了。濑津先生是位一流艺术商人，在东京日本桥开店。相原先生的客户大多是这种人。"你可以去问他，东西一定还在他手里，这种东西他不会卖的。"听相原先生这么说，回到东京我立刻飞奔去了日本桥。

虽然我写文章的现在，濑津先生已经去世两三年了，但那时他还健在。可能看见我神情非同一般，他见到我便问："今天你想要什么？"待我说明来由，他用怜悯的目光看着我，说："你看上了这东西？没办法，你没救了。"第二天，他从家里带来了硝烟壶。他说这种东西卖不了几个钱，扔掉又可惜，谁让东西颇有点儿味道呢，他原本想自己私藏。

硝烟壶是用来放火药的，西洋枪炮刚刚舶来日本时，这种壶是战国武将的随身物件。壶是木质的，旋得很薄，覆盖着一层漆，镶嵌着梯子纹样的螺钿，一旁写着"口药"二字。塞子和拴绳的挂钩是象牙做的。壶的做工很精致，不可能是小兵用的东西。壶的形状与中亚、朝鲜的扁壶有些类似，从中可以窥见当时正流行这种模仿舶来品的风格。此壶式样出众，漆也很有味道，壶身上有些擦痕，想必是当年随主人出入战场时留下的。即使是充满杀气的武器，也要施之以优雅的装饰，这是日本武士的嗜好和修养。

1970 年

螺钿　硝烟壶

北大路鲁山人作武藏野大钵

我写过很多次鲁山人。我愿意反复地说，在近代，没有几个人能像鲁山人这样浑身雅趣又有好手艺。陶器、绘画、篆刻、书法和漆器，他都玩得很尽兴。

鲁山人在世之时，身上有很多缺点，用世俗的眼光看，他口碑不太好。俗话说"恨和尚，殃及袈裟"，为此很多人不愿意正视他的作品。就连精通陶器的柳宗悦先生都讨厌鲁山人的作品，说上面有臭气。臭气即使有，那也出自鲁山人的性格和为人。

他经常伸出粗大的双手，高谈"艺术这东西说到底"，然后来一番长篇大论。这样看，他确实有点儿孩子气。其实他只要闭上嘴专心做事就好，很多次我都替他暗自着急。他贪心，喜欢故弄玄虚，又傲慢无礼，缺点能列很长一串，他正是被自己的臭脾气连累了。在我看来，他看似架子大，实际上正相反，是个胆小鬼，缺乏自信，觉得世人小看了他，为此心怀不满，烦躁不堪，所以才爆发在性格上。像鲁山人这样的大家，只要说一句"等着瞧"，相信自己死后必会得到正确评价也无妨啊。

"故去的人很不得了，形象明确而坚定，到底是什么原因呢？"这是小林秀雄先生《所谓无常》里的一句话，在鲁山人身上也适用。作品随着作者肉身的死去而获得了解放，随着作者之死，作品之美越发耀眼，开始在世上自由阔步，充满活力。对作者来说，作品能独自成立是种无上的荣誉，他不再需要本人出马把艺术观强加给别人。现在，想必鲁山人可以瞑目了。从这个角度来说，鲁山人称得上是一位优秀的艺术家，也是一个幸福的人。

本文要写的正是他充满活力、独自阔步的作品中的一件，名为"武藏野大钵"。

平安时代以来，武藏野的风景就经常出现在诗歌和绘画里。秋草中升起了一轮银泥之月，月亮的一半绘在内壁上，色彩淡淡，犹如夕雾。月形饱满，仿佛满月。手绘纹样用了线雕手法，凸凹之间显了芒草的洁白，芒草顶端用铁砂绘出草穗，这份心思令人赞叹。最值得一提的是，武藏野之景已被各种题材用尽，很难出新意，鲁山人这件却别出心裁。最近大家都在说"继承传统，推陈出新"，说起来简单，却没有几个艺术家能真正做到。

我最初认识鲁山人时，看见他做陶时雇了职业陶器师傅为他揉陶土，用辘轳做出大体形状后他才会亲自动手，所以，他的陶艺技巧到底怎么样，我也说不好。但是，用辘轳做出的雏形一经他手，就显了非凡的美感。待到手绘完成时，碗就像

北大路鲁山人作　武藏野大钵

变了身般截然不同了。整个过程仿佛在变魔术，令人惊艳。因为陶胎本身不是他做的，所以有人说他称不上陶艺家，我不这么认为。手工艺品分工合作很正常，需要能眼观总体的人来做综合指导，千利休和尾形光琳都是这样的人。我无意拿鲁山人与这两位相比，只是我觉得，现代尤其缺乏这种综合指导，从这个角度来看，鲁山人可谓有功。

他每次开窑时，都会通知我。这个平时很吝啬的老头，会送给我大量刚做好、还带着热乎气的陶器，我日常会使用这些东西。我原本决定，鲁山人做的陶器只白拿不购买，他死后我才急忙又去补买了一些。现在他的作品价格日渐高涨，已经不是随随便便就能买得起的了。他的东西我一直白拿，这反倒让我盲目了。

尽管如此，与有些还在世的陶器大家相比，他的作品要便宜很多。新陶器的定价就像新画，越是新作就越受追捧，这是画商们操纵出的架空价格，价与质未必对等。试试将新作出手转卖一下，马上就能明白东西到底值多少，往往最多只能卖个半价。由此看来，鲁山人的东西真是"特别明确坚定"，不仅是价格，作品风格也一样，一眼就能看出是他的东西。可以说，古董和古典名著差不多，只有美物，才经得起风霜锤炼、历久不衰。

1970 年

扎染十字纹

薄薄的细绢上，用红花颜料扎染出的十字纹，工艺非常精细，乍看还以为是型染。我不知道这十字纹是不是天主教十字架，如果是的话，也许这就是天草四郎[1]用过的旗帜。后来我又看过以关原合战[2]为题材的屏风，在岛津一方的旗帜上看到了同样的十字纹。

众所周知，岛津一族的家纹，是一个中间有十字的圆。在桃山时代时还没有这个圆，只有十字。我不清楚十字和天主教有没有关系，但是我知道方济各·沙勿略[3]是从萨摩藩[4]上岸，第一次踏上了日本的领土。也许十字纹就是在那段时期出现的。无论源流在何处，家纹这种东西，在德川幕府时期才有了明确的普及，最初只是战场上区分阵营的军旗纹样而已。我看到的屏风画上的军旗，似乎是在白色棉布上用墨笔画出十字纹，笔致凌厉，与这个扎染十字纹非常相似。虽然和天草四郎无关让人觉得遗憾，至少我搞清楚了一点：它是岛津家的家纹。

旗帜或帷幕的用料，一般是厚棉布或麻布，这个扎染却用细绢做成，可能是在家里使用的东西，也许是一块衣服的残片。

这些不解之谜正是其魅力之一。每天凝视着它浮想联翩，是件很有意思的事。

让我最赞叹的是纹样饱满有力的字形，当年用扎染完美再现十字非常困难，便捷的防染糊尚未问世，不得已采用了更费功夫的扎染方式吧。如果用了防染糊，说不定还做不出这么有力的线条呢。著名的"辻花染"也用到了同样手法，它在广义上也是一种十字花纹样。

这片扎染不仅形状优美，颜色也漂亮。颜料是植物染料，来自红花，红里蕴含黄色，术语称为"黄气"。过去人们用梅子醋去掉黄气，就得到了纯正的朱红。很多地方的古老梅林用途便在此，不单单是为了晒梅干。

众所周知，扎染需要先缝出纹样轮廓，再浸染料，色彩一般会晕开，营造出扎染特有的柔和味道。而这片扎染做得非常仔细，几乎看不出什么晕色，可见工序非常精致讲究。能缝出这么精细的字形，都是因为丝布质地好。扎染背后是优质染料，美丽色彩的背后是上好的绢，纺织丝布要有蚕丝，蚕丝从蚕虫而来。一幅染织物里藏着许多人的感情和心血。这种染织物现在已经看不到了，现代人追求的是效率和量产，过去的手工活儿进展缓慢，可以说有点儿死心眼，但美好的东西正是从这种执着里诞生的。我没听说过快工能出好活儿。只拿细绢来说，如此柔顺轻薄、泛着光泽的丝布现在已经做不出了。细绢在现代经过量产变成了平凡的东西，不是说它变差了，而是质量好得过分，失去了味道。如此说来，这件美丽的扎染诞生自不发达和不方便的过去。按照这个思路想下去，我不由得开始怀疑所谓的进步究竟带来了什么。

我把这件扎染装进画框，挂在起居室里，来客们都会被它吸引。信教的朋友千方百计地讨要，说这么挂着太可惜了，做染织的朋友想拿去当参考，古董商开出了天价。我买来时并不贵，所以没有高价转卖的打算，或者说无论价格高低，我压根儿不想出手，类似的东西我还有几件，人生中能与它们邂逅并成为朋友，是一大幸事。

古董行有一个好处，只要出高价，就能买到相应的东西，这点很实在。我没有那么多钱，买的都很便宜，咬着牙不去看贵的。但是让我从破烂里碰运气捡宝贝，我也不愿意，因为很容易鬼迷心窍而买到假货。与其这样，我更愿意买自己喜欢的。买来，放在身边揣摩，慢慢让其成为自己的宝贝，还有什么比这更幸福的事。最近我一直觉得，真正的"捡宝贝"是通过寻找好物来培养自己的眼光和心境。

1970 年

注 释

1　天草四郎（1621—1638），本名益田时贞，日本江户时代初期的天主教徒，"岛原之乱"的领袖。

2　关原合战，1600 年发生于美浓关原地区的一场战役，广义的关原合战包括丰臣秀吉死后的一系列战役。交战双方为德川家康带领的"东军"以及石田三成等人组成的"西军"。

3　方济各·沙勿略（1506—1552），西班牙籍天主教传教士，是葡萄牙最早派至亚洲的天主教传教士之一，他把天主教传播到了亚洲的马六甲和日本。

4　萨摩藩，又名鹿儿岛藩，日本江户时代的藩属地，领土包括现今的鹿儿岛县全域与宫崎县的西南部。

蝶书见台

　　很重的书用手捧着读很辛苦，平放在桌子上角度又不合适，这种时候我就会用这个书见台。此台原本是为轻薄书本设计的，但厚书放上去也很牢靠，台的高低与视线持平，做得很讲究。

　　西洋人乘坐贸易船初次来到日本，此台可能是日本工匠在那以后模仿西班牙或葡萄牙风格做成的。有趣的是，此台在外观上虽然有西洋风情，但从整体上来看还是日本的东西。铁的质感美得很幽深，与桃山时代的刀镡或茶釜的美感共通。

　　大大的蝴蝶造型，与桃山时代的缝箔[1]、莳绘纹样相近，台面和支柱上装饰着触角一样的涡卷纹，这是外国铁制品上的常见装饰。我想这种装饰可能让当时的日本人联想到了蝴蝶。如今，台上原有的漆面已剥落殆尽了。

　　此台是我很久前从京都的朋友星野武雄那里买来的，前文中的十字纹扎染也是如此。虽然他不是职业古董商，但寻觅起有趣的东西来是把好手。这个土生土长的江户东京人，也许是住不惯现代的东京，才隐居到了京都，身上有种市井隐者的气质。星野说自己从小就喜欢古美术品，从小学时便开始收集。他交友广泛，从白桦派[2]的诸位大师，到画家和工艺美术家，朋友遍及各界。不过他很懒，如果友人不上门，他可能一两个月闭门不出，缩在家中的被炉里，白天睡懒觉，晚上起来摆弄他的收藏品。凌晨入睡前他要泡个澡，据说爱打探闲事的邻居大妈为此感叹过"这家先生起得真早啊！"

星野家庭院里有一棵大樱花树，他没赏过花，看到樱花凋落，才知花已经开了，日子过得像从《徒然草》里走出来的一样。他滴酒不沾，好友却个个是酒鬼，不知他们之间是怎么交际来往的。他只要认识了你，就会待你极好，像他这么担得起"朋友"二字的人，世上再没有几个。十五年前，我通过小林秀雄先生认识了他，初见时他便给我留下这种印象。话虽如此，我只知道了他可以信赖，但他脸上那种仿佛已将人世看尽的表情还是让人捉摸不透，也许与人相交，这些琢磨不透的东西本就无须深究吧。

星野先生有的是时间，对各种艺术知之甚广，眼光非常敏锐，像本活字典，别人问他什么，他都知道。他出口成章，但从不动手写，更不要说发表，仿佛下定决心，此生什么也不做。也许在别人看来，他一生悠闲，但做到他这种程度的悠闲其实非常难，尤其在现代需要强大的意志力。或许，所谓江户人潇洒义气的极致，就是他这样的吧。

每次看到这位失去了故乡，悄悄隐居在京都深巷里的星野先生，我都觉得他是一位众里难寻的倜傥名士。

他举止打扮也确实风雅，气派的碎纹结城绸³和服，搭配深蓝色分趾袜，让人想起歌舞伎大老板羽左卫门⁴。同时，他也深知完美无缺并非真正的潇洒。我想起波德莱尔谈到什么是"丹蒂"⁵时说过的一句话，因为找不到原书，我只记得大意："如果他愿意，他可以迸发全部的光热，耀眼夺目，但是他没有这种贪欲，我们能洞察到的只是一些萤火微芒。"星野先生正是这样的人。用一句话概括，他是大都会人。在当下时代，诸事被详细地分工，他为自己身为一介艺术业余爱好者而自豪，做一个闲人，享受不受困的自由。对我们来说，他是难得的佳友，他的姿态可谓对现代社会的一种抵抗。从古至今，日本文化就是由这样的闲人们创造出来的。歌道也好，茶道、书法、其他形式的文艺和艺术也好，都是从有艺术修养的业余人士的生活中诞生的。如果知识过分专业化，人很容易变成井底之蛙，无法掌握大局。例如，有些研究绳纹土器的专业人士，不懂弥生土器之美，不仅不为无知而惭愧，还理所当然地妄称自己是专家，既没教养，也没文化。此外，在现代只要谁标新立异，不费吹灰之力就能被看作资深专家。星野先生从心底藐视并赤手空拳与之搏斗的，大概就是这样的世界吧。

1971 年

注 释

1 缝箔，江户时代小袖形能剧戏服的典型代表，制作时运用传统刺绣技术，把金箔片印花编织于用光滑纬线制成的平纹丝绸上。

2 白桦派，20 世纪初期在日本兴起的现代文艺流派，由以文艺刊物《白桦》为中心的作家与美术家组成，主张以"新理想主义"为文艺思想的主流，因此也叫"新理想派"。

3 结城绸，简称结城，高级真丝织物。2010 年，结城绸生产工艺入选人类非物质文化遗产。

4 羽左卫门，此处指十五代目市村羽左卫门（1874—1945），一代歌舞伎名演员，日法混血，以相貌俊美著称。

5 丹蒂，英文"dandy"的音译，《牛津英语词典》将"dandy"解释为"过分关注外表和时尚的男性"，该群体多为有良好品位的绅士，波德莱尔把"dandy"引申为一种英雄性。

先代梅若实翁逸事

　　说起来遗憾，上一代梅若实[1]翁的舞台我没有看过，我出生时他已经去世了，我只听第二代实先生谈起过他。在我练习能乐时，第二代实先生指点过我，还说过他的父亲当年是怎么表演的。

　　在练习《石桥》的狮子舞时，实先生说他父亲在表演狮子摇头时，身体静止不动，只将一头狮发甩得飞起。"我给他演连役[2]的时候，怎么也摇不好，头总是左右来回激烈地晃，看着一点儿也不凌厉。这是我妻子看到后悄悄告诉我的。我和父亲同台，心里总有些畏惧。"他一边说，一边演示给我看，我从他身上仿佛看到了他父亲的身影。

　　上一代实翁挑战《石桥》时已年过八旬，第二代实先生指点我时也差不多是这个年纪。那种精气神，大概是人高龄后焕发出的回春之力吧。《石桥》这部剧中的角色（尤其是老狮子）不仅要做好激烈的动作，能演出其沉静、坚不可摧的一面才比较理想。

　　实先生另外还讲了一件有意思的事。

在明治时代，能剧师不像现在这么拘泥于流派，有时也去尝试其他流派，这也许是因为当时的能乐师人数不够吧。有一次，宝生流的九郎先生和观世流的实翁同台合演过一出戏。我不了解宝生流的曲调，据说调门强弱与观世流不一样。实先生说在那次演出里，对方弱下去，这边就强起来，对方强起来，这边就放低，两种调门你来我往，但在该合拍的地方又能保持一致。实先生说他当时听着，觉得再也没有比这更有意思的事了。

想来这就像一场二重奏，表现出了重奏式的复杂美感。能做到重奏，也是因为两人实力相当，各自发挥得尽兴。据说实翁事后是这么说的："今天演得真爽快。"

我从小就看过各种精彩的能乐表演，听过各种优美的吟唱，但这样的体验一次也没有经历过，只有遗憾自己生未逢时了。

1969 年

注 释

1 梅若实（1828—1909），即梅若实一世，日本能剧演员。

2 连役，此处指的是《石桥》里小狮子的角色。

梅若六之丞

　　我认识六之丞时，他还在襁褓里。六之丞上面有好几个姐姐，他是梅若家千呼万唤才盼来的男孩，而且他还是最小的孩子，可以想象他在家里有多得宠。

　　六之丞年轻时称得上是能乐界的小王子。他天资聪颖，我印象最深的是他十七八岁时演《巴》，翩翩起舞的身姿犹如鲜花初绽，娇艳又饱满。他身上有种和祖父实先生、父亲六郎先生不一样的独特的美。如果他能这么一直成长下去，也许现在早已功成名就了。

　　但是，传统艺术在现代的传承面临着许多烦恼和诱惑，比如名为"个性"的魔物。我一直认为，只有当一个人进入消灭自我、超越私心的境界后，他才能更完美地表现出自己的独特资质。但是在尊重个性的时代里，私心和个性往往被混为一谈。能剧历经六百年的打磨，不认可私心，个人在其中被缚住手脚动弹不得，年轻一代觉得憋屈也在所难免。但是，与在自由中迷失相比，这种憋屈多么难得，可惜年轻一代不懂这些。

　　还有一个名为"艺术论"的魔物。现代人往往蔑视背后没有理论支撑的东西，但是话说回来，那些能剧的先人大家们，没有哪一位是因为学过理论就得道的。要当学者和评论家的话另当别论，只要还需要站上实际的舞台，刻板的理论其实派不上用场。用理论防身是因为对自己的本事不自信，看不清路在哪里。六之丞就是这种情况。后来，我看过几次他的表演，都是说不出的死板而贫瘠，那朵娇艳饱满的花消失了。每次看过，我都心情黯然，不禁感慨，这又是一个现代社会的牺牲者。

从小孩变成大人是个艰难的过程，尤其是对一个从小被宠大的孩子来说，成长之痛不啻一场新生。六之丞在去年春天失去了父亲，年纪轻轻背负起梅若一族的重任。他受追捧、人气旺反倒令人担心，现在已经不是可以轻飘飘地拈花惹草的时候了。不对，应该说受追捧也好，四处惹绯闻也罢，都是可以的，只要他能把这些当作人生的考试，逐渐走向成熟。他天生资质那么好，有义务好好珍惜这份资质，我想现在他该觉醒了。[1]

1980 年

注 释

1　文中的六之丞后来继承师名，成为五十六世梅若六郎，于2014
　　年被日本政府认定为"重要无形文化财产保持者"，即"人间
　　国宝"。

写给热爱传统舞台艺术的女性们

　　最近，我在大阪观看了梅若六郎先生六岁的长子善政表演的能剧《猩猩》，看后我非常感动。首先，因为善政特别可爱，而且很沉着，有板有眼，很招人喜欢。更让我感慨的是，他的表演让我看见了能剧的本真姿态。

　　随着笛声伴奏，善政走上台，穿着一身鼓鼓囊囊的鲜红戏装，像个木雕玩偶。大人教他"你想怎么跳都可以"，他很听话，用小手紧紧抓住赤红猩猩头发[1]，大大方方地抬头仰望，或者脚踩着"浪声为鼓"[2]的鼓点。与其说是他自己起舞，不如说像是有什么东西依附在他身上，让他身不由己地起舞。我从没见过这么天真烂漫、自由自在的舞姿，他的动作里有一种气质，堪称舞蹈的神髓。我忘记了自己在观看能剧，想起德加说过的一句话："缪斯们只是携手起舞，她们从不讨论舞蹈究竟是什么。"[3]

　　前几天，我在报纸上看到喜多六平太先生的一篇文章，他说"能剧的主角像木偶一样，被能剧中伴奏的音乐驱动着起舞才好"，对小孩来说这很容易做到，对大人来说则很难。

现代社会让我们这些女性身上的"自我"的一面觉醒了，教我们要独立自主。古老的能剧世界也被这种风潮吹遍，能乐师们不再像先人们那样完全服从，没有自我。这并非坏事，但是如果想在舞台上保持自我（有一身好功夫能独当一面），必须先放下私心。真正的艺术家都明白这个道理，要么全身心投入艺术，要么专心于现实生活，两者之间必须选一。

　　能以"功夫"相称的东西，都不仅仅是技巧。如果唯技巧而论，那么和芭蕾舞相比，能剧简直就像骗小孩的东西。熟手易找，高人却难寻。因为太简单了，简单到谁都能上手，马上学得有模有样，摆出一副好卖相通行于世。入门者和高手的区别在于：是学到一些模样后马上浅尝辄止，还是一直走下去。大胆地说一句，在我看来，日本艺术的有趣之处以及艰深之处，就在于这种原始性上。

1965 年

注 释

1 在能剧《猩猩》里，猩猩身穿赤红戏装，戴鲜红色的长发头套。

2 浪声为鼓，能剧《猩猩》中的一节，讲猩猩起舞以芦叶为笛，以浪涌为鼓。

3 出自保尔·瓦雷里（Paul Valéry, 1871—1945）的《德加，舞蹈，素描》（*Dega Danse Dessin*）。

『初心不可忘』

最近常常有运动员和艺人们说要"回到初心，从头再来"，我觉得这种心愿很好，我们有时需要打破陈规，重返初心。但我也觉得，人从心态上返回过去是件很难的事，过去已去，不再重来，更不要说什么从头再来。

我不清楚"初心"这个词是何时出现的，但我知道室町时代的世阿弥非常重视初心。大家都知道，世阿弥是让能剧成形的人，留下了《花传书》等艺术理论作品。他在《花镜》一书里详细论述了初心，我在这里大体摘记一下。

"初心不可忘""有时的初心不可忘""老后的初心不可忘"。

以上是初心的三个阶段。意如其文，"初心"虽然带着"初"字，但最初未必存在。初心是一种与人（的功夫）一起成长，一直到老都被坚守着的东西。换句话说，初心无法重返，而是随着不同状况发生变化，初心是让"一时之功夫"发生变化的原动力。

世阿弥分别解释了几种初心："初心不可忘"说的是不忘年轻时的初心，一直保持下去，老后会有许多人生所得。过去失败过一次的事，若是我们引以为戒，就不会重蹈覆辙。

反过来说，人年轻时很多方面不成熟，如果失败后就选择忘记，现在自己走到了哪里，在什么位置上，就很难看清楚。

人年轻时经历失败才获得的经验不能忘记，这些失败会成为日后成功的基础。如果一个人忘记了年轻时的初心，就无法进步。所以，初心终生不可忘。

对世阿弥来说，"初心"是技艺未成熟的代名词，不像我们现在所说的"初心"是一种精神理念，更没有"最初的新鲜心情"这种模糊的抽象意味。我再重复一遍，过去的无数失败和不足，是成长的动力来源。所以，不成熟的初心时代不可忘。

"有时的初心不可忘"，指的是人从青年到壮年再到老年，做事要依据年龄和身体条件进行协调。如果做完一件事，当场就把此时的心态忘掉了，便无法积累经验，下一次再遇到只能临时应付，这就丧失了纵观全局的眼光。人应该把每一次的经验都牢记在心，这便是"有时的初心不可忘"。

"老后的初心不可忘"说的也是同一回事。肉体和心态进入老境之人，要找到适合自己的做事方法，不逞强，低调行事，从而显示出年轻人做不到的独特风貌。

世阿弥的初心是一种积极向前的心态，并非重返过去，所以他能在演技中始终保持着本真。

在艺术上臻于化境之人，一定都是这种活法。前几天，我在电视上看到阪急棒球队的上田总教练说了一句特别精彩的话，这句话远比我结结巴巴的解说更能体现世阿弥的"初心"。先说明一下，他的话和棒球的胜负没有关系。

"我们虽然连胜了三年，但胜利已经过去，今年要有新的开始。"

虽然是句没什么大不了的话，但实践起来非常难。

1978 年

老木之花

世阿弥在《花传书》中评价了其父观阿弥晚年的演技，他在书中写道：

> 复杂精巧的剧目交给年轻人去演，他自己只演轻简的，他的演技非常内敛低调。而花却愈发显得艳丽，这是他长年修炼才绽放出的花，即使他演的能剧像一株无枝无叶的老树，花却始终没有凋零。

什么是花，很难定义。单说"美"显得太抽象，说"有风情"又显得太直白。我想，这里的花说的是自然之花的无心之姿，该盛开时盛开，该凋谢就自然凋谢。观阿弥通过长年修炼，把堪称"花的种子"的东西融进了自己的身体，所以即使进入老年，也能让花自由自在地绽放在舞台上。世阿弥以此为理想，不仅在《花传书》中再三提起，同时也在能剧中多次运用。他在以年迈的小野小町为主人公的剧目中作过曲，还把樱花树和柳树精灵以老人的形象展现。在能剧《井筒》中，他形容歌人在原业平情人的亡灵是"枯萎了的花，花色虽失却有余香"，从中也能看出这个理念。观阿弥的极致之艺，就在于表现这种枯萎后花色尽失而香气依旧的角色，远比盛开的鲜花更充满风情，余韵袅袅。

在年迈女性里，有时也能见到这种人物。高木志摩子夫人是作家里见弴的姐姐，今年九十四岁高龄，是位爽利而优美的老太太。她很像她弟弟，风趣幽默，会一边说着"我就是个自不量力的老人"，一边自己乘坐电车去想去的地方。她周围的环境和以前相比变化很大，我却从没听过她有一句抱怨，无论发生了什么事，她都不忘笑脸。一直笑颜相对，从不为难自己，也许这两条堪称她的人生秘诀吧。她年轻时肤色白皙、容貌秀丽，随着年龄增长，她也在不断自我修炼，仿佛隐现在雾霭中的樱花，给人一种和煦之感。诗人吉井勇说过长寿也是一种本事，与高木志摩子夫人在一起，似乎他也跟着变得幸福了。能给人这种感觉的老人，无论男女，并不多见。

即使并不多见，只要身边能有这样一位模范，就是我们的幸运。最近我的视力变得不好了，晚上不能看书写字，所以看看电视、听听广播打发时间，有时能在节目里看到令人大吃一惊的人物。很久以前的某个节目中，一位住在广岛一带、非常普通的老太太创作了一首俳句，我想用"老木之花"来命名再恰当不过。

八十八之春 揽镜施薄妆

我听后非常感动。这位老太太和能剧之类的艺术无关，也不是一位有学识修养的人，她能写出这样的句子，让我觉得日本是个多么美好的国家啊。

还有一个例子是我最近从广播里听到的，一位老奶奶过去是津轻民谣的高手，现在隐退在家，节目组找到她，请她唱一首，她一开始有些不情愿，但主持人热情相邀，她就即兴唱了一段。她的声音是那么婉转动人，唱到了人心深处。

> 我是枯木不开花
> 藤萝缠上来，开出一片好花

1978 年

非同寻常的潇洒人

说到江户潇洒男，我首先想起的是第十五代目市村羽左卫门。他在舞台上的大段科白[1]，发音清晰，声情并茂，换衣时的动作利落清劲，让我看后难忘。虽说这些是他在台上的演技，在现实生活里他也是个潇洒的人。用"潇洒、风流"都不足以形容他，他的气质超越了这些形容。故作风流的男人很讨厌，显摆自己是江户风流男的人，称不上是真正的江户男子。羽左卫门不是纯粹的江户男了[2]，但在我看来，没有几个人能像他那样一举手、一投足都流露出江户的潇洒气质。这种江户潇洒男，过去在隐居于市井街区的赋闲财主、工匠首领之中常有，可惜我生于山手，没有机会认识他们[3]。

我母亲很爱看戏，所以我从小就认识羽左卫门。他去世时我三十几岁，无论我年纪多大，他都称呼我为"大小姐"。有一次，我在轻井泽遇到他，他说："大小姐！来我家玩儿吧，给你看点儿好东西。"我满心好奇地去了，他给我展示了一大本贴满他舞台照片的相簿。

"怎么样，这张漂亮，那张也出色，大小姐喜欢哪一张呢？"

原来这就是他说的好东西。他看着自己的舞台剧照喜欢到痴迷的样子有些滑稽，但完全不令人讨厌。自恋到如此境界，甚至有了些禅意。当时我笑了，心里想着真人就在我眼前，看哪门子的舞台剧照啊！他根本不在意我怎么想，只是凝视着自己的照片，看得恋恋不舍。

我们在东京时都很忙，在轻井泽度假时见面的机会比较多。羽左卫门身着浴衣和服阔步行走的身姿，帅到让人心怦怦乱跳。但他本人似乎没什么感觉，街上的人们看着他忍不住兴奋地交头接耳："看！是橘屋[4]老板呀！"他完全不在意，神态自若，和深情凝视舞台剧照时的他判若两人。我一直觉得这样的他不可思议。他是位天生的演员，为舞台而生，拿得起放得下，我只能这么理解他了。说到底，他是一个天性纯真的人，对自己这么受欢迎不可能不高兴，但人气这东西如彩云易散，他打心底没把人气当回事吧。他那种淡泊的态度真是帅气又敞亮！

不同于身着浴衣的帅气，羽左卫门穿西装的样子别提有多滑稽了。夸张的绿色粗呢西装里，系一条华丽夸张的领带，一副得意扬扬的样子。我知道很多人穿和服非常有品位，换穿西装却显得别扭，但像羽左卫门这种别扭到极致的实属少见。他穿西装就像一个孩子发现了一个稀奇的玩具，看上去虽然好笑，却不令人讨厌。说到底，还是因为他站得直。至于为人，可以说他算不上一个正派的好人，也称不上道德高尚。但他做什么事都干脆坦荡，身上不沾污点，能做到这样，只能让人感叹是他天赋使然。

如果说第六代菊五郎是位优等生的话，羽左卫门就是一位天才人物。关于他的逸事，最有名的是他在出访法国时在卢浮宫中看到维纳斯雕像时说："女人没手，要她干吗？"此外，他在拜访老松町的细川家⁵时，看到细川家收藏的东洋古董里有一件清朝乾隆帝还是谁的床榻，他靠上去一边嘟囔"这么硬啊"，一边不愿起身，一定是床让他胡思乱想，想到了男女情事。他就是这样，维纳斯也好，乾隆也罢，他都不放在心上，对什么事都没有偏见，所以显得自在无碍。有段时间，他迷恋上了一个小地方来的艺人，那人是个知名歌手，他说什么也想让这个歌手登上歌舞伎舞台，谁劝他都不听，他想在她的歌声里舞一场。无论有名与否，歌手登上歌舞伎舞台这种事也是前所未有。可他还是力排众议，实现了这个心愿。

我原本想写一篇关于潇洒男士的文章，所以选了羽左卫门，写着写着发觉他真是个非同寻常之人，可能进不了潇洒的范畴。所谓的江户男子、风流人士，本应更加内敛低调，而内敛低调这种形容完全不能用在羽左卫门的身上。尽管如此，他仍然令人觉得他是潇洒男中的极品，其中的原因我也说不好，可能是我们这些凡人仰望天才时，总是拿他们一点儿办法都没有。

1981 年

注 释

1 科白，此处指歌舞伎表演时的动作和道白。

2 羽左卫门父亲是法国人，母亲是日本人。

3 山手，东京旧城里地势比较高的地段（现在的麴町、赤坂、麻布、小石川等地），过去是有权势的人居住的区域。与山手相对的"下町"指的是东京老城地势比较低的地段（日本桥、京桥、神田、浅草等地），下町聚居着大批商人、工匠和普通市民，工商业和世俗文化发达。原文这段话的意思是作者出生在山手，不认识那些聚集在大众下町里创造了江户文化的江户潇洒男。

4 橘屋，羽左卫门所在的歌舞伎的家族屋号，好比京剧的某某班子。

5 细川家，日本贵族。细川家名士包括日本前首相细川护熙。老松町的细川庭院现在改作展示细川家族祖传藏品的美术馆，即永青文库。

快门声

　　在入江[1]先生第一本写真集《大和路》出版之前，我和他已经相识，如今已经相识三十年了。我至今写文章也常要借用他的照片。我们一起去大和地区采访，回程在他家小聚，已成习惯。我每年都要去打扰他几次，每次都能看到他的书架上新添了作品集。我常感叹，入江先生专拍大和风景，真是不知厌倦。最开始，我还担心他是否有些过度沉溺，但入江先生的作品打消了我的担心。我相信，一个人做事只有沉溺过，才能接近事物的灵魂。

　　我不懂拍照，无法评论他的技巧，和最初的《大和路》相比，他最近的作品显得更加厚重，令人震撼。他的照片里并没有现今流行的哗众取宠的东西，还是和从前一样，静谧而充满诗情。诗情的背后是他的视线，一个肉身凡人的视线却难以言喻地与天地自然融在一起，甚至给人一种感觉，即使让他长眠在大和这片天地里他也心甘情愿。我受到的震撼只能勉强用语言形容成这样。

　　他最近的作品集给人的这种印象尤其深刻。作品集中的风景，他以前也拍过，新作不只是角度和构图不同，照片中的山水草木映出了深藏在自然深处的大和历史景象，袒露出世代生长于斯的人们的内心情感：诡异的夕阳笼罩下的二上山，仿佛飘荡着含冤而死的大津皇子的无尽怨恨；摇曳在秋风中的芒穗，让人怀想起追随恋人在"山边之道"上边走边落泪的影媛[2]的悲怆之姿。我问他是怎么拍的，他说拍照说到底是即兴，拍摄时并没有想得那么细。下意识地按下快门便能呈现出这么多东西，相机在他手中已不再是一台简单的机器。以前小林秀雄先生曾说过"入江的快门声特别好听"，当时我没有多想，但不知道为什么一直记得，所以尽管知道自己在给他添麻烦，还是请他与我同行拍摄，正好也是一次赏樱之行。

从初濑一路向东走，便到了元伊势古道上一个名为高井的村落。有一条从高井去室生的山道近路，沿山而上没多远，有一座叫作佛隆寺的古刹，山门前有一棵似已生长了四五百年的大樱花树，樱花盛开时一定非常壮观。我和入江先生说起这些，他竟也知道这棵老树，所以我们一拍即合，决定去佛隆寺。

前一日还是暴雨天气，这一日却晴空万里。一路前行，远方的三轮山慢慢映入眼帘。前一日大雨之中，入江先生在三轮山里拍照，等了好几个小时，终于等来了好云彩，所以入江先生心情特别好。拍照这件事，经常被天气左右。入江先生说，被天地自然戏弄可谓摄影师的宿命。前文提到的二上山夕阳的照片，是他前后跑了十次，几乎要放弃的时候抓拍到的。他说年轻时他雄心勃勃要和自然对决，现在只剩下了忍耐。从他的这句话里，我能感受到他对大和风物人情的深情眷恋。在下定决心要静心等待的人面前，无言的自然最终还是会"开口"的啊。入江按下快门捕捉到那个瞬间，我似乎有些明白为什么小林先生说他的快门声动听。

不知不觉间，我们走过了三轮山，看到了前方左手边被樱花海淹没的长谷寺。我们从榛原拐上了元伊势古道。高井村的左边立着一块石碑，上面写着"室生山 女人高野"，指向一条狭窄的山道。半路上入江先生忽然停车，我跟着他下车，以为出了什么事。他指着一种叫作"猩猩袴"³的野草让我看，那是在一片枯草中盛开着的清秀的紫色小花，他告诉我在奈良一带，只有这里才有此花。我惊讶于入江先生的好眼力，车开得那么快，我根本看不到哪里有花。据说经常眺望远方有益视力，但入江先生并不完全如此，连一朵小花也能注意到，说明他与这片土地是真的心心相连。

即使是熟悉此地的入江，也没能看到佛隆寺的樱花。我们去时花还未开，明明山脚下的樱花都开始凋谢了，然而山中自有气象，现在土笔草（问荆）才刚刚发芽，梅花开得正艳。对入江来说，等待早已是家常便饭，所以他没怎么失望。他沿着田垄四下走着看着，像是发现了什么，让徒弟拿来相机，对焦瞄准起来。我凑近去看，原来他在拍刚才的猩猩袴。他单眼瞄准了好一会儿，一一捡走小花周围的垃圾和枯草，耐心地追着光线，过了大约一个小时，终于按下了快门。我忽然明白了一件事，世人按快门的声音都差不多，是入江按下快门之前精神集中的样子，在我心中生出一阵优美的激荡。在我看来，眼睛能听见声音，耳朵能看见事物。"听香"这个词，说的就是我们五感相通，表达一种精神高度集中的状态。入江的作品之所以和其他摄影师的不一样，是因为照片里积累着他用在等待上的耐心和体力，这样的快门声理所当然动听。

接下来，我们转头去了室生的大野寺。大野寺里有两棵壮观的垂樱，在入江的作品里多次出现。但说起大野寺的魅力所在，还得是隔着宇陀川对岸断崖上的弥勒像。我们到的时候，佛像正沐浴在夕阳下，格外鲜明夺目。青枫新绿的片片叶影落在佛像上，更添些许幽情。因为时间已晚，几乎看不到游客，入江在佛像的正面架起了相机。

新一轮等待又开始了。我不懂光线的微妙变化对摄影的影响，但我相信一个独一无二的瞬间定然是存在的。那一瞬间自然光呈现出的复杂，与人工打光完全不同。春天的太阳缓缓西沉，入江的呼吸好像与此合着拍子，时间于其中静静流走。终于，快门声响起，一声、两声、三声……四下暮色涌来，冷风渐起，我转到佛堂里去等他，许久依然不见他回来。他仿佛进入了状态，忙着拍摄寺中庭院里的玉兰花，又隔着盛开的垂樱瞄准对岸的石佛。我在他的作品中见过多次这些构图，但一样的风景拍出的照片总有不同。他专心于工作，仿佛忘记了寒冷和疲劳。

悠长的一天进入了夜晚，他拍了三四个小时，终于回来小歇。我问他拍了多少张，他说六十张。胶卷已经用完，他觉得很遗憾，还没拍够。几十年来，他每年都来大野寺，已经记不清在这里究竟拍过几百张还是几千张照片了。入江先生永不厌倦的好奇心令我惊讶，在他温厚的表情下，我看到一种历经千锤百炼的钢铁般的意志，这些都是我在此次小旅行里的收获。

回程路上，他带我绕路去了都介野。都介野是奈良东南的一片高地。在大和平原还是沼泽湿地的时候，都介野上已经兴盛起了古代小国。这里有山间的水源，有藏冰室，虽然没有气派的神社佛寺，但远古的自然信仰依然栖息在这片土地上。都介野岳等山岳信仰里的神峰连绵展开，在广阔的天空中画出美丽的山脊线。入江先生感慨万分地对我说："到了这里就像进入了神之国。"那时还有几许夕阳的余晖，西边的天空从浅黄渐染成薄红，时间虽是傍晚，他说眼前的景色让他感到自己正身处"大和的黎明"中，想起胶卷已经用完，只有遗憾不已。

1980 年

注 释

1　入江泰吉（1905—1992），日本摄影家，以拍摄奈良大河路的风景、民俗、佛像而著名。

2　即物部影媛，成书于 8 世纪的《日本书纪》中出现的历史人物。影媛的恋人被皇子杀害，影媛在山边之道上追随着恋人的葬仪队伍，乱发裸足，悲恸狂乱。

3　猩猩袴，一种百合科胡麻花属的植物。

黑田清辉的女人肖像

日本西洋画派的代表画家黑田清辉和我父亲是表兄弟，他们两人互为知己。我们两家住得很近，我小的时候他常来我家，家里有很多他送的画。

现在已经成为他代表作的《读书》当时就挂在我家餐厅里，《湖畔》挂在客厅里。我是每天无意识地看着这些画长大的。这两幅作品给人的印象截然不同。《读书》画面很暗，笔致缜密，白叶窗缝隙里透出的微光，让红衫女子的苍白面庞从幽暗中浮现出来，盯着此画，我总觉得心生沉忧。《读书》的名字可能是后取的，画中女子根本没有在读书，她的眼神飘荡在书页之上，心在远方，仿佛正沉浸在忧思里。

画中女子还出现在黑田的很多素描里。忘了是谁告诉我，《读书》的模特是黑田在巴黎寄宿时房东的女儿，两人有过一段热恋，因为遭到家人反对，黑田带着断肠之念被迫回国。在我看来，以她为模特的油画和素描里，潜藏着青春岁月的悲伤和真情，有种难以言喻的魅力，让看画人为之心动。黑田没能和这位女子结婚，也许是件焉知非福的事呢。

另一幅画《湖畔》里则没有这种暗淡，天空山水融为一色，水边手持团扇乘凉的女子那么清净，仿佛一位从湖中诞生的水神。黑田画这幅作品时，我还没有出生。那时他和我的家人一起在御殿场和大矶的别墅度假，在芦之湖小住时，他画下这幅画，送给我的家人。

画中的女性，我们叫她照子，后来称她为黑田夫人。据我所知，她很少公开露面。黑田在人前总是摆出一副独身男子的姿态，从未带她来过我家。从这点来看，照子一定受了不少煎熬。不清楚具体的情况，我猜想可能是黑田在恋爱上的不幸福，让他画出了这些杰作。他著名的三联画《智・感・情》上的女子，模特也是照子。

前文说的《读书》中的沉忧表情和《湖畔》中的缥缈哀思，给人留下的印象虽然不同，但我总觉得两个模特很相似，不是相貌或姿势相似，而是气质很接近。如今想来，画中女子既不是巴黎房东的女儿，也不是日本的照子女士，而是黑田清辉心中的理想女性吧。

黑田为我母亲画过肖像，那时我十二岁，一直在旁边观看他如何下笔。黑田有张微红的脸，身材很胖，平时温和的他在作画时仿佛变了一个人，屏住呼吸，落笔又擦掉，擦掉再下笔，仿佛瞄准了眼前猎物准备撕咬，样子威严可怖。最后他画好的画，与《读书》《湖畔》里的女子是那么相像，这让当时还年幼的我十分不满。

这张素描刊登在我母亲的诗集里。有时我想，黑田不过是个只能画出一个女人的画家。可能他的初恋创伤太严重，或者说他深爱的女人让他有了一种厌女心理，所以一直无法结婚。其中真切，又有谁知道呢？

1978 年

母亲的素描肖像

愚公移山

　　在熊谷守一晚年的书法作品里，有一幅字是《愚公移山》。

　　愚公出自《列子》，是一个寓言人物，人称北山愚公，年近九十，面山而居。有一天，他忽生想法，想把山移走，于是开始叩石垦壤，一点儿一点儿用畚箕搬运微尘。有人笑他愚笨，而他只知道默默移土，不知疲倦。愚公的故事教给人们一个道理：知巧不用，精进不懈，终成大业。

　　不用我多解释什么，一介老翁运一点儿土，成不了什么大事。熊谷先生在写这幅字时，已是九十七岁高龄，我们无法想象他对愚公的故事产生了多么强烈的共鸣。比起活得聪明，熊谷先生的人生信条更接近愚直终生。在他九十八岁离世时，倒地的一刻他手中仍然紧握着笔，留下最后一句话"我不行了"，几日后安然逝去。他的精神会一直留给后人，激励我们勇敢地活下去。熊谷守一先生就像把中国北山（黄河北岸的太行山、王屋山）移到日本的愚公，这么说一点儿都不为过。

1980 年

　　我在连载《日本匠人》时，写过多田美波[1]的雕刻。多田
女士为很多大厦和酒店制作过独具个性的雕刻，其中我最想看
的是麹町的一座大厦里的吊灯。虽说是吊灯，但不是鹿鸣馆[2]
里那样华丽的水晶灯。多田女士做的这盏灯，外部围绕着大量
纤细的铁链，造型剔透，非常优美，灯光犹如被薄绢围绕，显
得很柔和。这是她的早期作品，非常有纪念意义。高尾亮
·[3]先生正是看到此作后，才拍板决定了为新皇居[4]制作灯具
的人非她不可。

　　多田女士带我去了那座大厦，我一路上都心情雀跃，到了
地方，却没找到那盏灯。天花板上挂的仍是普通的"鹿鸣馆"
水晶灯，满满当当，光线浑浊。多田女士情急之下向管理人员
询问原来灯具的去向，没有一个人知道。据说是大厦重新装修
时，灯和旧窗帘、旧椅子一起废弃了。多田的心情可想而知，
连我也跟着意志消沉起来。难道这就是现代雕刻的命运？在众
多现代雕刻里，那种让人恨不得赶紧扔掉的东西不是没有，
但是看到倾注了作者心血的作品被如此践踏，还是让人义愤
填膺。

在 1981 年 2 月的《周刊新潮》杂志里，有一篇题为《被扔掉的抽象雕刻》的文章抒发了同样的愤慨。作者是一位姓须贺的雕刻家，他为一家大地产公司的度假村制作了纪念碑模型，虽说是模型，材质是不锈钢的，尺寸不小，如果不行就该退还本人，作者可以拿去参展，和垃圾一起扔了算怎么回事？为此他叹惋不已。

绘画和大型雕刻价值不菲，只有大型企业买得起。绘画尚好，即使尺寸巨大，仍然可以搬运；而雕刻，等到楼房重新装修时必拆无疑。这也许是商业化的艺术作品自我招致的宿命，尽管其中一些作品令人惋惜。无奈大公司不识货，没有鉴别能力，或者不能说不识货，而是缺乏感情，不想去珍惜而已。

现在艺术市场看似繁荣，我心中对此却一直有疑问。

我为采访去过很多地方，看到各地新建的气派美术馆如雨后春笋般出现，而且都是些外观奇特的现代建筑。财政赤字的问题仿佛消失了，到处都是一片繁荣。然而，美术馆里的展品称得上充实的只有寥寥几处，大多数美术馆陈列的展品乏善可陈，有的甚至要靠出租展厅开美术展勉强维持经营。建筑的恢弘和展出内容的空洞完全失衡。在我看来，先有收藏品，再盖美术馆才是正常的顺序。但知情人说，现在各地美术馆是在当地政府首脑和议员的主导下建造的，在政界对艺术感兴趣可以作为一种名头，便于吸引选票。与其花钱买一幅毕加索的画，不如建个大美术馆引人瞩目，毕竟现在流行"大就是好"。

说到"大"，有一位陶艺家烧的盘子，尺寸之巨大，前所未有，据说是一位富豪订的货。这位富豪听他尊敬的陶器大家说，没留下"大作"的陶艺家永远成不了一流，于是就自掏腰包，为他喜欢的陶艺家助了一把力。富豪的初衷虽好，但是把"大作"误解成大尺寸的作品，就只能当笑话看了。所以啊，说什么艺术繁荣，根本就没这回事儿。

1981 年

注 释

1 多田美波（1924—2014），日本雕刻家。

2 鹿鸣馆，明治时代日本政府接待国宾和外交官的社交会馆，西式建筑，于1940年拆除。

3 高尾亮一（1910—1985），日本官员、画家、日本宫内厅管理部长，负责多项日本皇家成员住所的施工建造。

4 明治时代建造的皇居在第二次世界大战美国空袭东京时被烧毁，这里的新皇居是指1964年建造的现今日本天皇的住所。

我与花道家川濑先生初次见面，是在前年初夏的一天。我喜欢花，插花是按着自己喜好来的，因为我对现代花道不感兴趣，觉得离我太远。但看到川濑先生的插花后，我觉得眼界大开，这才是日本的花道啊！那时他没有用"插花"这个词，而是用了"立花"。这里的"立花"和花道中的"立花"不一样[1]，室町时代花道诞生时，"立花"的说法包含着以花敬献神佛的意思。川濑的插花让我非常感动，我在《日本匠人》一书中写道：

> 灯火微焰中浮现出的花朵，如此幽玄，让人想起世阿弥的"花"。我很久没有这么感动了，真的很久没有。此花仿佛非人世之花，我恍惚进入了另一个世界。

那之后过了几天，我请他来我家从切枝起演示插花。因为他说过，插花是从切枝开始的。我家有一片乱竹林，他先截取了一段竹子，作为花心，短竹筒可以当作花瓶来用。他选了一个信乐烧的大陶罐当作花器，在罐里放置束好的稻草，再将带着竹叶的粗竹安置在中央，插好从庭院里采来正在盛开的木槿花、野木瓜和凤尾草，再在最上方插一朵百合，一件作品就完成了。从最开始的砍竹到最后的插百合，他动作连贯，充满节奏感，就像在起舞，非常赏心悦目。

我就此明白了一件事，所谓"插花"，不只是欣赏完成后的作品，"花"也在过程里，作者的兴致和陶醉也只有在进行插花的过程中才能看到。

所以川濑每完成一件作品后，会马上拆掉，把花换装到其他花器里，或是花瓶里只放一朵木槿花，或是用芒草搭配百合，营造出野风吹拂的气氛，这些都是"立花"的表现方式。他的一连串举动，是在为我演示花道的历史，以及"立花"是怎么演变成"抛入"[2]和"插花"的，也可以说他用作品表现了同一朵花的无限变化。就像世阿弥所说，"花因不长久而美丽，世上的花终将凋谢，正因会凋谢，盛开之际更显新鲜，能剧也如此，要不断变化，才能称其为花"。花在盛开时才叫作花，所以不能想着要长久地保持它。在这一点上，川濑先生的花和世阿弥的花有异曲同工之妙。这样的花不适合插花展，具体说的话，和雕刻风格的现代插花相比，川濑的作品看起来新鲜独特，也是因为他的花里没有恒长，他的花一旦插好，便完成了使命。

说得极端一些，川濑的花，就活在此刻正在流逝的时间里，存在于此时此刻的空气中。插花的行为结束了，只看完成的作品便没有什么意义。即使把插花时的一连串动作拍成电影也一样，因为依旧是平面的，观众无法直观地感受。现在川濑先生的作品结集成摄影画册出版，从与世阿弥的书同名的《风姿花传》可以看出，他深深赞同世阿弥的美学观。他的作品不只是受了世阿弥的影响，更像是将世阿弥的能剧之花与自己的花相融合，显示出他已融会贯通了世阿弥之心，同时以此向大众挑战，投掷出一个审美的疑问。从这一点上来说，此书与普通的插花作品集不一样，它不仅是为了呈现优美的花，更想请读者倾听花。话虽这么说，这本写真集着力表现的不是艰深的插花理论法则，而是一种超越花原本姿态的美。如果是茶花，川濑先生便让其展现出茶花的个性，呈现一种远远超越真实茶花的美。这和画家画模特，点睛而出的是模特的气质是一个道理。插花即"生花"，至此，"生"字有了真实的意义，让花呈现出生动感，让花的生气延续下去。换句话说，插花不应该只有造型，还应该让蕴含在花朵里的生命力也一一展现出来，让观者去侧耳倾听花中真意。

这部作品集分为四章，分别是："一时之花""日本的古典""竹十种""我"。第一章收集了一年四季的漂亮鲜花，关于"一时之花"，需要做一些说明，这个典故出自世阿弥，他在《花传书》中这样写道："无论何种草木，顺应四季变化绽放为最美。能剧也如此，如果演员将所学掌握尽致，就能顺应时机、顺应观众喜好，选出合适的姿态上演，就像让人看到应季盛放的鲜花一样。"

文章虽是古文，但写得很平易，无须特别解释，就能明白

"一时之花"指的是了解当下观众的品味。川濑先生回顾了他心中所有的花历，选择了契合现代人喜好的形式，即使是外行也能看懂，看出味道来。就这一点来说，这本书做得很深思熟虑。

"立花"在这本书的第二章登场，章节名为"日本的古典"。我们只在绘画里见过室町时代的花，当作绘画来欣赏也非常优美。川濑先生想象在比室町时代更为远古的过去，日本人第一次做出的立花是怎样一番模样；又或许正是他创作出了那番模样：那是一种护佑农耕的巫术，在水田的正中央，朝天高插着祈愿之花。如今，这种景象在各地依然存留，祇园祭上的花车、诹访神社的御柱、七夕的竹子、正月十五的爆竹、京都的松明送火，都带着同样的意味。竖起高木，有时还会点上一把火，这是一种迎接天神降临的仪式。

在这里，川濑先生在农田正中央立起一根长竹，插上梅枝，为我们展示了插花的起源。由此我们一目了然地看见了日本的插花是从何处发生的，了解了为什么"立花"要朝天而立。这样的花既是迎神之花，也是神的象征，甚至可以说花中有宇宙。比如下一页图中的山茶花，看上去似乎表现了两种东西，实际上是一样的花。上图中心的花，被采下一朵放进了下图的吊花器里，这种手法叫作"点花"，堪称是"抛入"的极致表现。这让我们想起丰臣秀吉为看牵牛花去拜访千利休的故事，利休把盛开着的牵牛花全部剪了下来，只取了一朵插给秀吉看。这是日本文化共通的审美意识，也是我们在插花时希望能铭刻心

川濑敏郎　插花作品

底的一种精神。

在"竹十种"这一章里，川濑先生用日本自古就有的花屏风和他自创的花器，自由自在、玩心十足地进行了一场表演，带我们走入花朵的乱舞之中。"立花"在此由"真"转入了"行""草"的世界。用世阿弥的话说就是"将阑之花"（有过盛、凌乱之意），但无论多么凌乱、多么不平衡，点花的基础依旧在，并没有消失。是竹子的清新和直线美感，镇静了狂暴的花。静与动的和谐之美，大概就是能剧里的"物狂"[3]。

最后，呈现在我面前的是叫作"我"的章节。我提问为何不叫"我的花"，他说那已经不是花，而是"我自己"。然后我问川濑先生，对他来说所谓的"我"是什么？

他的花里似乎有一种谁都想经历的冒险。迎向天空昂然盛开的向日葵的花笠，显然象征着太阳；埋没在雪中的山茶花，有种青春热血般的鲜艳；插在棕榈绳上的松枝，绽放在冰隙中的石竹花，在每一枝、每一朵里，都有一个脱下了花衣与我们赤裸相见的川濑敏郎。我写到这里，似乎明白了他"那已经不是花"这句话中的真意。这里的向日葵、山茶花、松、石竹花，即使存在于自然之景当中，也并非自然中的"花"，显然是插花之前的信仰之花。通过这样的创作，他到达了自己出生之前的无形之形的境界，回归了原始之姿。这也许可以看作是一种自我告白，或是一种自我陶醉，见仁见智。他的作品里充满着男性气质的强韧和华丽，却丝毫没有取媚于人的俗态。我想请大家留意的，正是我在前文提到的，这些照片不过是川濑先生的插花作品，而真正的"花"在他的插花之姿里，那才是他以"我"为名，费尽心思想表现的东西。而且，他成功了。我这么啰唆，是希望读者不要忘记这一点。就此，这篇既不像解说，也不像介绍的文章就写到这里吧。

1981 年

注 释

1 花道中的"立花"指的是让花枝直立向上的造型风格,川濑的"立花"则比较自然。

2 抛入,指的是不拘形态、风格自然的插花风格。

3 物狂,一种表现主人公癫狂之态的能剧题材。

『发现此物的其他人都给我变成青蛙！』

染色工艺家芹泽圭介先生的收藏展有一个副标题，叫作"另一种创造"，这几个字恰如其分。芹泽先生的收藏非常独特，在我看来个人收藏就应该是这个样子。

青山二郎关于芹泽的陶器收藏曾说过一句话："发现此物的其他人都给我变成青蛙！"那种任谁看都好的东西、一流的东西，只要有钱闭着眼都能买到。但是认清自己的个性，发现自己真正喜欢的东西，并没有想象中那么容易。但凡掺杂一点儿虚荣心或贪欲，眼光就会不准，要想豁出去下定"发现此物的其他人都给我变成青蛙"的决心，需要巨大的勇气。在我看来，芹泽先生多年来一点点地收藏是为了娱己和养心，而不是为了炫耀。无论哪件收藏都能让人感到统一的精神内核，每件都是真爱。别看芹泽先生面容和蔼仁慈，我觉得他骨子里是个毫不妥协的人。

芹泽先生的收藏范围非常广，无法一一详说。他原本是民艺运动工匠出身，收藏中有大量民艺品也是理所当然，但他也不是非民艺品不收，他的藏品中一些上至绳文时代和弥生时代的土陶、埴轮土偶也非常有趣。每次他的收藏展的重头戏都是那件"谁之袖屏风"，这个屏风和民艺没什么关联。这幅屏风上的画是桃山时代的杰作，是我至今为止见过的此类屏风画当中最优美的，也是年代最久的。芹泽先生本身是和服专家，所以屏风上的和服纹样自然不必多说，单说画上的衣架，假如不是青竹衣架，而是华丽的描金架，那肯定入不了先生的法眼。屏风画中的细节都实属一流，体现了先生眼光的不一般。

还有那本叫作《四条流飨御膳》的古书，全然是公卿贵族家的东西，和民艺品完全是两回事。但书中插图线条简单清晰，风格与神社绘马上的拙朴小画有相通之处。同样的画风在《新当流剑道秘传书》中也能看到，此书内容如书名所示，是一卷描绘着剑道图的长画卷，画中身穿和服的青年们正挥刀相斗，身姿轻盈，犹如群舞，非常优美，和《四条流飨御膳》上的菜肴图一样，都是别处没有的东西。

前几日，我去拜访芹泽先生，看到他家客厅中挂着的佛教曼荼罗，我非常感动，可能先生下次开收藏展就会展出它吧。画为淡彩图，图中的梵字也好，构图也好，淡淡的朱红色彩也好，都细腻精致得难以言喻，至今还浮现在我眼前，久久难忘。想来此图必是独一无二的佳作，但对芹泽先生而言，这幅画与其说是佳作，不如说是他日常生活中不可缺少的物品。从这点来看，毫不夸张地说，芹泽先生可谓代言了柳宗悦民艺论的正统精神。

再好的事情，如果只拘泥于一物，便是堕落的开始。这种收藏家很容易沉溺于"为收藏而收藏"，最终不成气候，他们的藏品无非东西新奇少见，或以数量取胜而已。民艺品收藏中这种例子并不少见。

芹泽先生的收藏之所以精彩，可以说完全是先生的品格所致。因为藏品不局限于民艺风格，让他有了不带偏见的审美眼光。没有鉴赏过一流佳作，就无法发现民艺作品中的美，更不用说去收集国外的作品了。

此次收藏展中最值得一看的是先生的审美眼光，哪怕是一幅薄薄的马口铁小画，或者是一只小勺，体现出的审美与桃山时代的屏风画是一致的。对先生来说，马口铁小画也好，小勺也罢，都和屏风一样重要，先生倾注于这些东西上的爱的分量并无差别。我觉得，先生心里一定常常在念叨："发现此物的其他人都给我变成青蛙，不许和我抢！"

1978 年

屋檐下的大力士

黑田辰秋[1]先生的家位于京都清水坂北面的小巷里,从我的住处到他家步行只要两三分钟,所以我常常过去拜访,他也时常过来找我。我们相识相交于第二次世界大战结束后,虽然时间不算长,但因为我对木工活儿很感兴趣,常以参观他的工坊并与他聊天为乐。在这篇文章里,我想记述自己在这段时间里看到的黑田先生工作的场景,以及通过他的作品了解到的他的稳重秉性。读者将此文看作一篇访问记录便好。

就像川端康成先生说过的那样,黑田家是名副其实的"陋室"。他的家门口堆积着大量木料,一进玄关,木头的香气迎面而来。他家最近修整过,变得稍微宽敞了些,但依旧散乱如常。散乱的样子说明房子面积的增加,也赶不上他工作占地的扩张,可见他对工作有多么投入。玄关走廊的尽头是客厅,也兼起居室与茶室,是唯一齐整、能让人安坐的地方。房间里摆着一张大桌子,放着一台大电视。他家房子小,东西却都特别大。房间有多大,带地坑的暖桌就有多大,连黑田先生自己也常常是以一副高大的身躯半埋半露在暖桌旁。

"进来，进来，随便坐，请随便坐！"

黑田先生说话简短，短句后面仿佛紧跟着句号，显得不善言辞。其实他非常喜欢聊天，并不少言寡语。他通常的打扮是头戴黑色贝雷帽，身穿家织土布做的上衣（纽扣是他自己用山茶木做的），脚穿皮质分趾袜，有时也会套一件靛蓝的棉布工作服。他身材高大，几乎头顶门框，加上恬淡的神情，实在很有风范。有位摄影师曾说"黑田先生站在哪儿都很有型"。我最初见到他，觉得可以用"自然中的一棵大树"来形容他，而且是一棵深深扎根在泥土里的深山古树。如此说来，连他的作品也保留着自然之姿。究竟是人如其作，还是作如其人，我想两种说法都成立。我一边这么想着，一边听他说话，他一截截的短句子，听起来仿佛凿子雕木，让我不由得坐直了腰身。

他说话喜欢上溯到源头，恨不得从"开天辟地"讲起。我完全不了解黑田先生的出身和家庭环境，这次我去找他，是想听他讲讲过去。他照例亲切又诚恳地接待了我。家庭环境原本与作品无关，但在黑田先生这里，如果我不了解他的人生之路，就谈不好他的作品，大概木工这种工作，是与人的品性紧密相连的。

黑田先生于明治三十七年（1904）出生于京都，生父姓饭田，是大圣寺前田一族的家臣工匠。他是家中最小的孩子，自幼被过继给黑田家学习山中漆器工艺，后来到了大阪，继而在京都定居。虽然他老家是加贺的，依然称得上是纯粹的京都人。

他身上有先祖古代武士的一面，也有大都市人的细腻做派。他曾在京都木屋町住过，木屋町正是所谓的"木屋之街"，聚居了众多木材商人和工匠。现在的木屋町到处都是料理店和酒吧，早已没有了从前的模样。话虽如此，现在的料理店和酒吧也是从过去木材商人谈生意的场所发展而来的。那时，满载着木材的船从淀川进到高濑川，直接驶进木屋町。他至今记得小时候见过的溯川而上的木船，记得船工们吆喝着号子、摇动着长橹的场景。船在木屋町上游的舟入町泊下，舟入町有厚木板组成的堰，既可阻挡水流，也能让水流加速。黑田在这样的环境里长大，可谓天生就是做木工的孩子。据说他在少年时期曾想当画家，但他在摸铅笔之前已经摸熟了小刀，凿子就是他的玩具，这种生活环境让他的手比老师的还灵巧，做竹蜻蜓之类的小木工活儿他都能一人包揽。待他技艺渐成，在给做家具的木匠打下手画图的过程里，黑田先生对木工活儿渐渐产生了兴趣，之后他受到柳宗悦等人的影响，更坚定了他当木工师的决心，这段逸事稍后我还会写到。

所谓"涂师"，指的是给描金漆器做木胎的工匠，专门制作没有任何纹样的素漆器。黑田兄弟四人都继承了木工家业，他排行最末，最受父亲疼爱，每天工作结束后，父亲会邀他在长火钵前一起喝酒，其他家人和工匠都不被允许靠近火钵，唯独他例外。不仅因为他是老幺，也因为他父亲可能已经看出他有能成大器的潜质。他父亲曾经这样默默独语：

"涂师是屋檐下的大力士，在不起眼处出苦力。涂师制作原型，别人来干纹样和描金的活儿。最终受人瞩目的却是那些只干最后一道工序、完成润色的人，世上的事就是这么不公平。"

那时黑田先生大约十岁，不知为什么他牢牢记住了这句话，有了"世上的大人们不可靠"的想法。这个想法后来激励他下定决心要做一个统揽所有工序的工匠。木工活儿不仅仅是描金，和染织、陶艺相比，木工要朴素低调很多，没什么噱头，可以说是工艺美术界的沉默苦力。从过去到现在，这一点没有大变化。黑田先生把重心放在基础原型的制作上，上漆时最重视的也是底漆工序。

他小时候被大人疼爱，也是因为他身体孱弱到打疫苗都会有危险的程度。他四岁时遇到天花流行，很快就被传染了。他至今还记得，母亲陪他去隔离医院住院，隔离医院非常偏僻，就算病房里有野狗也不奇怪。更倒霉的是，他原本只感染了毒性弱的类天花，马上要出院时，从邻床患者那里传染了正型天花，很是受了一番病痛的折磨。用黑田的话说，"脸花得像个土豆"。等出院回家，姐姐见到他吓得大哭，快要认不出他了。后来他上了学，也常被同学取笑，就这样慢慢变成了一个阴郁少年。

他说过："我之所以当了木匠，可能就是因为天花麻子。"

随着年龄渐长，他脸上的痘印逐渐消失，但内心的创伤却久久难愈。体弱也好，被传染也罢，都是身不由己的事，是他运气实在不好。为了战胜霉运，我想他一定没少努力。换个角度来看，这是上天在考验他，但他没被考验压倒，才有了今日之大成。

他记忆里的童年时代，自己脖子上总是缠裹着丝绵，是学校里的缺勤纪录保持者，没有要好的朋友，以至于不愿意出去玩。家里除了兄弟姐妹，还有大约二十位工匠和学徒，对这个孤独的少年来说，看工匠们干活儿成了他唯一的安慰。工匠们动作连贯优美，令人着迷。其中有个工匠叫阿策，是个手艺特别好的家具木匠，豪饮成性，众人拿他没办法。阿策对小孩子特别好，经常手把手地教黑田先生。如今，黑田想起他来依旧会很怀念地说："阿策是我的老师呀。"

一来二去，黑田渐渐能打下手了，那时候最让他高兴的事就是拔掉旧木料上的钉子，能从大人那儿得来三钱工钱。旧木料是尾州出产的最优质的桧木，他家从神社寺院买来，积攒了不少。那时正逢京都三条大桥改建，他为此拔了不少钉子。他的兄弟当中二哥手最巧，他跟着二哥学了不少，可惜二哥染疾早夭了。他在这样的环境中长大，就算没人正经教，也不知不觉学会了木工的手艺。

黑田先生扔掉画笔，走上木工之路，如今看来是件幸事。他原本就手巧，绘画基础不知给他的木工助了多少力。他说自己因为体弱才放弃了绘画，但木工更是体力活儿，相比之下完全是重体力劳动。就连黑田先生也说不好自己体力是强还是弱。木工活儿还磨炼出了他柔软而强韧的内心。

我们正聊着天，黑田夫人端来抹茶和点心。夫人面色白净，看上去性情温和，像是一位京都美人，我问后才得知她老家在北海道。虽说现在黑田先生已经声名远扬，但他有过漫长的位居人下的积累时期，而且黑田先生也不像是个好伺候的人，夫人一定没少吃苦。尽管如此，黑田夫人一直开朗爱笑，也许这就是北国女性的强韧之处吧。前不久他家扩建房屋后，我感叹："这么一来比过去齐整多了。"她却泰然自若地说："嗨，最多也就能撑一个月，马上就会乱七八糟的，您放心好了！"

我们喝茶用的茶碗，也是黑田先生的作品，我以前不知道他会做陶。茶碗是赤色信乐烧，形状大而饱满，很是优美。像他这样干什么都能干出样子的人真是少有。他能如此，不仅是手巧，还因为琢磨透了造型分寸的奥妙。

他说自己从小就喜欢看各种东西，刚上小学时，就已经懂得欣赏贝壳的形状有多美。离平安神宫不远，琵琶湖疏水渠前临街一角，有一座"平濑贝类博物馆"。那是座西式木造建筑，主人平濑先生对公益事业很热心，用私宅开设了展览馆，馆中花窗上装饰着让人眼前一亮的墨西哥贝。黑田先生说他那时每次去动物园玩，回家路上都要盯着窗上的贝壳看好一会儿，自己像是被吸引住了，看得入迷。那时他已经从贝壳上看出了螺钿之美。到了十八九岁，他在朋友家的曼荼罗上看到了螺钿装饰，惊喜万分，由此开始精进螺钿镶嵌制作工艺直到今天。也许这就是老话里的"前世之缘"吧。

墨西哥贝色泽比较深，底光幽然，与黑田先生的木工风格很适配。天平时代以来，日本的螺钿工艺品并不少见，用墨西哥贝制作螺钿，也许是黑田先生的首创。他把螺钿装饰在箱柜和衣橱上，这种手法也不多见。

贝类用自身的黏液做出精巧的纹理，将与生俱来的能力发挥得淋漓尽致。坚硬的贝壳和漂亮的纹理需要日积月累才能形成，同样的道理，黑田先生的螺钿也不是一朝一夕就能做好。

首先，墨西哥贝极难获得。贝壳商店倒是能买到叫作螺钿的东西，但那是被茶道人士称为"青贝"的种类。具体做法是将夜久贝煮一周的时间，贝壳会变成优美的青色或红色，再将珠光层剥离成薄薄的片状，用来加工精细的纹样，也可以用在洒金漆底上。这种加工手法的专业术语叫作"剥"，此类贝壳被称为"剥贝"。黑田先生从前在家里帮忙时，做过很多为螺钿描绘底样的活儿，所以他和贝壳是老相识，他对具体工艺技巧并非全然不知，但是他想做的螺钿，并不是加工痕迹很重的细巧之物。他想让墨西哥贝发挥出原有的自然之美，原封不动地体现出欧泊石般清幽的光泽和厚重的质感。这种手法不经剥离，需要切割出一定的厚度，因此叫作"厚贝"。古代（至少到镰仓时代为止）的螺钿加工用的便是厚贝手法，因为使用的贝壳很厚，做出的东西质感厚重。黑田先生的目标就是重返古代，而且是带着尚是未知数的墨西哥贝一起。虽然都是螺钿，黑田先生的做法与一般的青贝相比，有相似之处，又很不一样，堪称创新。

后来，他通过人脉在大阪找到一家"磨贝屋"，这是一家专门研磨贝壳的工匠铺子。"剥贝"是用刀剥离珠光片层，而"磨贝"是用磨石和砂纸研磨出珠光，这个技术至今尚存，主要用在制作贝壳纽扣上。在这家铺子里，黑田终于找到了心心念念的墨西哥贝。贝壳好不容易到手了，他反而不知道接下来该怎么办了。他说自己就那么盯着贝壳看，一看就是十多年。我想黑田先生的优点就在这里，他愿意等待，等着对方开口。如果不是这样，他也不会和木工活儿打这么多年的交道。黑田先生干起活儿来不紧不慢，和木头、贝壳上的肌理纹路一样，一呼一吸与自然的节奏搭配得协调稳妥。

再说螺钿

大正时代后期，黑田在京都市主办的美术展上第一次展出了自己的作品。与此同时，他失去了慈爱的母亲。那年他十九岁，正值多愁善感的青春期。展出的作品是一张螺钿桌，他从中国地毯纹样上得到灵感，用螺钿镶嵌出了一条龙，但使用的并不是墨西哥贝，据他回想可能是夜久贝或鲍贝。后来，这件作品被京都市政府收购了，现在下落不明。我能想象出桌子的模样，那一定是件大作，有着处女作的新鲜气质和年少无畏的精神气概。

好不容易弄到了墨西哥贝，却没有用在这件具有纪念意义的作品上，这还真是黑田的做事风格，细想起来很有意思。墨西哥贝再次登场是很久以后的事，黑田形容："我三十岁之前，它们一直保持着贝壳的原形。"

他第一次在作品中使用墨西哥贝，是为了配合大阪的作品展而做的一个小箱子。志贺直哉[2]先生为他写了推荐信。这个箱子后来多次易主，已经去向不明。但正是以这个箱子为契机，他开始专注于螺钿工艺。可就像我在前文中写过的，他的手法和传统的青贝螺钿不一样，从根本构思上就完全不同。

如果翻看《汉和辞典》，可知"贝"字有装饰或珍宝等含义。众所周知，贝壳在古代曾是货币，因此与金钱财宝有关的文字都带着一个贝字。用黑田先生的话说，"人们觉得贝壳漂亮，是出于本能。"

黑田先生的构思总是从这种根本之处开始的。在他看来，贝壳是由上天创造的，人们能做的不过是模仿。螺钿虽然来自贝壳，说到底还是人的模仿，从原形中脱离就无法存在。螺钿对黑田来说不仅是作品，还是他接近自然的手段。所以，他作品的重心在于表现贝壳的自然美上，而不是在炫耀技术上。他在螺钿中所用的贝除了墨西哥贝，还有冲绳夜久贝、澳大利亚蝶贝、美国和日本的鲍贝。前几天我借来了几种贝壳，现在边看着贝壳，边写这篇文章。如果你用心去看贝壳的话，会发现它们有难以言喻的魅力，真是造化之妙。这些大自然精心打造的作品既有共通之处，又各自不同，墨西哥贝有南方的炎热感，日本贝则充满东方风韵，它们各自带着原产国的气质，非常有趣。"就那么盯着贝壳，我觉得特别好看"，黑田先生的这句话和他久久不动手的心情，我在懵懵懂懂间竟然也有些明白了。

墨西哥贝属于鲍贝，和日本鲍贝不同，颜色在深海的基调之上又闪烁着丰润的五彩之色，让人联想起同样来自墨西哥的黑色欧泊石。贝壳边缘有一圈鲜明的涡卷纹，形成一个清晰有力的边框，和墨西哥出土的古代土器有些相似。贝壳中心原本有肉的地方，色层更加坚实，纹理形似细密的花瓣。每个贝壳不仅色泽不同，纹样也随着色层厚度而变化，一直延伸到贝壳表面的石灰质层，形成斑驳的条状，非常漂亮，正所谓"千变万化"。墨西哥贝让人联想起阴郁而浓厚的墨西哥文化，以及沉重又开朗的墨西哥人。如此想着，我感觉自己像在窥看深邃的海底，不由得生出一阵晕眩和不安。

黑田先生在新皇居的门把手装饰上使用了墨西哥贝。因为贝壳形态各异，为了制作四套把手，他搜集来两千多个贝壳，从中选择出最适合的。我刚才写到过，墨西哥贝的中央部分和别处稍有不同，贝壳商称其为"虫贝"，仔细看有数不清的寄生虫眼。为了阻止虫眼蔓延，贝分泌黏液形成膜状，就像在打造坚实的防护墙。不管贝里有没有虫，中央一定会有一小块儿显得最为细密。按照贝壳商的习惯，这种派不上用场的只能扔掉。而黑田先生看中的正是这一小块儿，所以他的作品算是一种废物利用的创新之作。

时间来到第二次世界大战，在日本渐渐买不到墨西哥贝，贝壳铺子关了张，徒剩一间空屋。有一天，黑田先生路过贝壳铺子，屋内无人，只堆积了大量虫贝。他拿起来细看，发现虫贝比边缘部分鲜艳得多，足以派上用场。他把虫贝捡回家，十年后才开始真正用起来。在 1950 年举行的传统工艺展上，他第一次用虫贝制作了一个茶枣[3] 参加展览，自那以后他用的大多是虫贝。在给新皇居制作装饰时，一个把手上使用了大约三百块切割成三角形的贝片。贝片按照颜色大致分为三种：青色的、赤红的、暗银的，片片都不一样，只是分类收集就花了许多功夫。

"今上天皇是生物学家，我的贝类知识无法相比。"黑田先生这么说，想必天皇曾和他就此交流过。可以说黑田因为墨西哥贝发现了一个新世界，墨西哥贝则借黑田之手圆满了天性之美。他的作品让贝壳原本的耀眼珠光现出深邃之美，其幽玄的色调和质感，在荟萃日本之美于一堂的皇居中显得那么协调。至此，距离他发现墨西哥贝之美过了近六十年，想来黑田先生一定感慨万千吧。

我试着问过他是从何时在螺钿上获得自信，给新皇居制作把手是不是让这种自信达到了顶点。

144

他是这么回答的："芭蕉说，一生中能写好一句，不对，一生中能写好三句就足以成为名家。我现在还在路上，一切都说不好，只能做好该做的，埋头工作，这是人人都有的态度吧。说到新皇居，场面大，所有的工作都很重要，我得配合好，这点儿思想准备我是有的。我不觉得那是自己努力的最高结晶。"

和墨西哥贝相比，日本贝气质稳重，两种贝风格迥然不同。日本贝静雅、和煦，手感很温暖。黑田先生说，夜久贝在过去叫作"夜光贝"，产自离中国台湾不远的夜久岛。正仓院里的天皇家珍宝，以及平等院、中尊寺等处的螺钿制品，用的都是这种贝。日本贝时间久了，表面光泽会消失变白，显出一种难以形容的平和气质。据黑田先生说，这可能是因为经过长年的摩擦氧化，贝壳表面变得像磨砂玻璃一样，原先的鲜亮退去，显得更加有味道。这样的螺钿一眼就能看出日本风味，呈现的是日本人的审美。大自然对人的审美喜好和思想产生的影响之巨大，超越了人的想象。日本贝缺少色彩变化，比较容易被人接受，想必难入黑田的挑剔之眼。但他终究还是日本人，和厚重浓艳的墨西哥贝交道打得太久，自然而然，就会想起日本贝。器物有种种不同，有的更适合浅淡的搭配，所以在黑田先生的手下，墨西哥贝和日本贝各占一半。

从天平时代到镰仓时代，日本的螺钿制品使用的都是夜久贝。按说鲍贝更易得，为什么过去弃鲍贝不用，而特意去遥远的南国岛屿取贝？也许是因为当时的人们认为难得的东西才贵重吧。夜久贝和鲍贝，从贝壳形状上看就显出了高下，夜久贝确实有种高雅的气质。过去人们弃鲍贝不用的另一个原因可能是鲍贝表面更加凸凹不平，很难加工，当时的工艺无法把贝壳切薄，都是研磨后直接使用厚厚的贝片，如果贝本身不平整，用起来就太麻烦。法隆寺里的著名宝物"凤凰圆纹螺钿唐柜"，利用了夜久贝的自然曲面，直接将贝片贴合在木头上，技巧不发达，所以纹样也随意，显得充足而饱满。鲍贝正是因为品格稍逊和难以加工这两点，多年以来无法出现在螺钿的世界里。

螺钿制品里开始出现鲍贝，是在室町时代末、桃山时代初。那时加工技术有了跃进，平民势力有所抬头。桃山时代各种文人雅兴繁盛，螺钿制品迅速普及，只靠贵重的夜久贝来加工已经满足不了市场需求，人们注意到了更容易找到的鲍贝。鲍贝的优点是质地软、形状平，缺点是皱褶太多，但只要把鲍贝打碎后再加工，就能解决问题。由此诞生了用鲍贝制作的优美的螺钿，比如镰仓明月院的樱花纹散螺钿碗。

在此前后，"剥贝"技术问世了。前文写过，"剥贝"用的是夜久贝，而不是鲍贝。将夜久贝在火上煮一周左右，贝壳会变得像云母一样，从中剥离出薄片，或打成碎片，粘在和纸或布上，放置到生漆表面，漆干后用水冲洗，剥下纸或布，纹样会留在漆器表面。这种方法诞生于中国明朝，用此法可以加工出非常精细的纹样。还有一种手法叫作"平脱"，用的是金银薄板，两种方法经常并用。"剥贝"也被称为"杣田"，出生于加贺藩的家臣杣田清辅，是一位螺钿名工。长崎一带也名工辈出，比如青贝长兵卫。

凡事在技术上得到解放，自由过度就容易耽于炫技。青贝的螺钿作品也是如此，变得越来越细腻，过分精巧，成了羸弱的工艺品。精巧而羸弱，德川幕府末期的文化都可以这么形容，这种风潮直至现在也没有完全消失。只要做得精致，就会有人觉得美，黑田先生终生想挑战的，就是这种日本人很容易沉溺于其中的表层虚饰和轻薄安逸之美。俳人正冈子规大声呼吁"重返万叶 4"，黑田先生也主张"回归过去"，回到天平时代和平安时代，让厚重有力的厚贝复活。我觉得，他和所谓的传统工艺美术家的不同之处，在于他能看清事物，志贺先生也曾这样评价黑田先生。看清事物需要经历的痛苦，与创造的艰难直接相通。具体来说，黑田通过用墨西哥贝，让作品兼有青贝和厚贝的优点，让色彩和厚重感同时呈现出来。选用众人弃而不用的虫贝尤其显出他独到的眼光。尽管作品做出来好像理所当然，没什么新奇。所谓创造，也许就是这么一回事吧。

澳大利亚的蝶贝被黑田先生称赞为"贝中女王"。

这种蝶贝和日本的夜久贝一样，表面没有光泽，有一种与生俱来的静雅之气。个头大、形状平坦、用起来方便都是它的优点。新皇居的门把手外侧使用墨西哥虫贝，内侧贴着澳大利亚蝶贝。虽然我不太想用"贴"这个字眼，不过严谨地说，黑田先生的螺钿并非"镶嵌"，而是用生漆作为贴合剂，"贴"这个字再恰当不过。他用生漆填充贝片之间的空隙，再进行研磨，效果看似是镶嵌，手法却更像"浮雕"。"贴"看似容易，实际上比镶嵌更费工夫。

我经常看见黑田先生在工作时，手指甲上有和缀织工匠一样的纵向劈裂，裂缝里浸染着生漆，看着就疼。这是因为要一边磨贝片，一边镶嵌，来不及用尖嘴钳子，连指甲也一同被锉刀锉了，再沾上生漆，不可能不疼，但他专心工作忘了疼。如果不全身心投入，他就不满足，他的秉性就是如此。他这种工作态度，肯定是"不划算"的，所以这么多年来，虽然经手的一直都是"宝"，他自己却没赚到钱。最近黑田先生被认定为"人间国宝"，但他现在的生活与二三十年前相比也没什么大变化。

民艺的诞生

黑田先生最幸福的地方，是他身边有一群知己好友，柳宗悦、河井宽次郎[5]、富本宪吉[6]等人，都比他年长十几岁，与其说是好友，更像是师长。

黑田先生最先邂逅的是富本宪吉先生的著述《窑边杂记》，他大受启发，仿佛看到了一个新世界。黑田的处女作发表在大正末年，那时正是新潮流风起云涌的年代。

与此同时，他在一家画廊里看到了河井宽次郎先生的三彩盖碗，碗上画着狮子和牡丹，纹样绚丽，黑田形容说："我看得痴迷，像喝醉了一样。"他自此牢记河井和富本两位的名字，尤其是河井先生，那时他在黑田心中就像一个"会走路的国宝"。他们一直没有机会相识，直到两三年后的一天，黑田和朋友去大阪听了河井先生的演讲，那时河井虽如彗星一样刚刚崭露头角，却已经有了大师风范。演讲的内容黑田已经不记得了，具体内容是什么无所谓，只要深有感触便好，黑田与河井的相遇，正可用"深有感触"来形容。黑田在文章中写过那一夜的感动：

> 听过演讲坐火车回京都，其他人七嘴八舌地聊着天，我独自沉默了一路。刚才听过的河井先生的演讲，虽然平明简素，但与友人们平日说谈的艺术论在水准上似有明显不同，我还不能完全领会，一路上一直在回想玩味。到了京都站，过了天桥，我看见了河井先生的背影，他步姿独特，一个人走在我们前面，左手抱着一个像是大盘子的东西。
>
> ——《民艺》杂志 1954 年 2 月号

就是在那时，朋友介绍黑田与河井相识，他们在车站前一个叫作"鸠屋"的茶座里一起喝了咖啡。黑田兴奋地讲述了他的工作，诉说了他想把木匠活儿从前期制作到后期装饰都全部做起来的志向，高兴得忘了时间。那时河井让他先把作品拿来看看，几日之后，他去拜访河井，河井送给他印度制造的拍洋画和一个小方箱，让他拿着好好琢磨琢磨。

拿着这些回家，我感觉像是拿到了一个禅宗公案。那一夜是个契机，改变了我的人生。

这里的"改变"指的是他就此参加了民艺运动，结识了柳宗悦。在同一篇文章里，黑田还提到了民艺运动的诞生：

粗略划分的话，受明治时代自然主义的影响，日本的时代思潮分成两路，一路走向白桦派的人道主义，另一路走向马克思唯物主义。白桦派成员之一的柳宗悦先生，在民间发现了木喰佛像[7]，被其独特的风貌所打动。我与柳宗悦先生第一次见面是在河井先生家里，酒席上的柳先生，是一位始终面带笑容、积极向上的年轻人。

柳宗悦先生当时住在京都吉田一带，他们相识的前两年时间里，几乎每周黑田都要去柳家拜访三次。之所以是一周三次，是因为当时黑田的朋友青田五良在柳家做家庭教师，每当青田去时，众人都去柳家会合。当时的固定常客有河井、黑田和青田三人，晚饭后，他们畅聊到深夜，经常赶最后一班车回家。回家路上，他们先从吉田步行到熊野神社，然后在卖关东煮的小店里吃点儿夜宵，不知不觉间成了惯例。那时黑田非常穷，身上长年穿着一件雀黑色斗篷，他自己没觉得有什么不好，但是有一次在小店喝酒，河井摸着他的斗篷哭了："黑田君，你穿这么一件衣服，每天……每天……"

河井感慨得再也说不出话来。

河井就是这样一个经常为别人伤感落泪的人。在黑田看来，柳宗悦有种父亲般的严厉，河井先生有种母亲般的温柔。

"河井先生一掉眼泪，常常引得别人也跟着动感情，版画家栋方志功先生就是其中之一。"黑田先生回想起从前，话语里充满了眷恋。

青田五良去世得早，他也是跟着河井先生一起落泪的人。一开始，他看到河井的作品十分喜爱，但苦于囊中羞涩，于是写信给河井先生，请求每月分期付款。河井被他信中恳切的言语打动，觉得他身上有不凡之处，索性直接把青田拉进了他们的圈子里。一直到青田去世，河井先生都对青田照顾有加。河井先生晚年时，我有幸见过他一面，记得他是一位温和宽厚的老人。当时他正在制作一个类似室内装置的作品，猛一看似乎与民艺运动倡导的"日常使用之美"没有关联，我问他其中的缘由，他回答说："只要自己做得高兴就好啊。"只要自己高兴就好，我当时对这种态度有些不以为然。我与河井先生素昧平生，了解不多，没有资格评判他，也许他就是这样一位有着童真之气的老人吧，难怪年轻一代会为之倾倒。

现在看来，京都吉田柳家的集会正是发生在民艺运动的筹备期。两年后，"民艺协团"在京都上贺茂迈出了第一步。关于此事，至今已有很多人写过文章。无论如何，现在柳宗悦、河井、青田等诸位先生都已不在人世，对作为民艺运动发起人之一的黑田先生来说，想到这些难忘的回忆，一定更为感慨吧。

> 那是个早春微寒之日，从清晨便是晴天，樱花尚早，林荫白梅盛开，微风吹过，片片花瓣落地。
>
> ——《民艺运动》1961 年 12 月

文章用这样的描写开篇，让人感到生机勃勃的喜悦。以柳先生为主导的四五人去寻找合适的地方，他们在上贺茂神社附近发现一处上书"樫屋"的神职私邸，大约有一千平方米，立刻决定租借下来。柳宗悦、青田五良、铃木实、黑田辰秋四人以此处为据点，开始一起工作、一起生活。这是柳先生的理想，他一直向往一种既体现共产主义情怀，又如寺院修行般的清简生活。

> 那时我们都很年轻，柳先生年纪最长，也才刚过四十岁。河井先生三十九岁，青田三十一岁，我二十四岁，铃木实二十三岁。我们这一群年轻人，对人生既怀有梦想憧憬，又能面对真实，对民艺运动倾注了满怀热情，全身心投入其中。
>
> ——《民艺运动》1961 年 12 月

当时黑田的父亲年过古稀，兄长身体不好，黑田丢下他们去搞民艺运动，世人骂他，也没能动摇他的决心。"我用一辆小推车装了工具和原材料，搬家到了上贺茂。那时我还年轻，说得出做得到。"他这么告诉我，眼睛仿佛在凝视远方。

虽说他们几人一起工作，但有实际经验的只有黑田一人，其他几人都是新手，不管是盖小屋，还是造工棚，现实中种种细节的工作都是黑田一人在做。那时他们推销作品，勉强能卖出的只有黑田的木匠活儿，他又一次不得不充当了"屋檐下的大力士"。

渐渐地，他们在上贺茂的工作室受到关注，有越来越多的人来访。经过柳宗悦的介绍，志贺直哉等人也来看他们工作。志贺先生买下了黑田制作的木桌，黑田说他那时高兴得不知该如何是好。他与小林秀雄、青山二郎先生也是在那时相识的。渐渐地，他们得到了中村直胜[8]、大原总一郎[9]、山本为三郎、岩井武俊等学术界人士、商界人士和新闻界人士的支持。岩井先生当时是每日新闻的分局长，对民艺运动非常热心，起因是他在去英国采访时，伯纳德·利奇[10]先生让他回到日本后一定要去见见河井宽次郎。众所周知，利奇先生少年时期曾住在京都，日本文化界有什么风吹草动，他比记者还要清楚。

来访者里还有两位比较特别，分别是祇园名妓万龙和小光。我借住的房东女主人（现已去世，名叫佐佐木春）当时也是民艺运动的追随者，她家中还保留着大量当年的民艺作品，正是她把黑田先生介绍给我的。祇园圈子里的人很有意思，他们对新东西很敏感，对年轻艺术家特别热心，大概因为祇园一直被古老的历史和规范紧缚，那里的人心中一直向往着创新革命吧，看看他们在明治维新时的活跃情景就能明白。不过，并不是只有祇园人如此，京都人都有这种倾向。武原畔[11]虽出生于大阪，也是一位热心支持民艺运动的人。

最初的民艺协团是由四个先锋每月各出三十日元联手经营的，随着后援者逐渐增多，他们开始有能力举办作品发布会，就这样渐渐得到世人承认。他们首次出现在公众面前，是东京上野举办博览会时以"民艺馆"参展。柳宗悦的目的是建造美术馆，协团为筹办美术馆做了前期收集工作。当时东寺早市和北野天满宫早市上有很多便宜又有趣的东西，比如丹波布便宜的只要五十钱，贵的也不超过两日元。再往远处说，还有飞驒高山和丹波立杭的早市。其实不用跑那么远，民艺品到处都有，只是一直不受人重视。柳先生能发现民艺之美，确实眼光卓绝。现在民艺馆中的收藏品大多是那时收集来的。黑田先生也感叹，当年的体验不知给他后来的工作带来多大的启发，这段收集体验令他的眼光更加敏锐精进了。

谁都没想到，这段收集工作在博览会上派上了大用场，民艺协团不仅在会场上建起民艺馆，还开设了商店，这成了现在的民艺馆的前身，也成为"民艺"概念的起点。当时，柳先生构思了一个"井"字标。井里有水，柳、河井、滨田、青田、黑田这些姓都和水有关系，所以"井"字标也是一种纪念。也许他还想过井户茶碗[12]的渊源吧。民艺馆的建筑造型由柳先生设计，里面的家具全部出自黑田之手，室内装饰由做染织的人负责，陶器艺人把作品摆放在架子上，大家各自分工，把展览办得有声有色。柳先生说他对木工活儿有自信，做了貌似木雕砚盖一样的东西作为展品。之所以称之为"貌似"，是黑田先生不小心说漏了嘴，他是木工专家，也许在他眼里，柳先生做的东西只能说似是而非吧。

黑田做了一个巨大的椭圆形餐桌和餐椅，被戏称为"军舰桌"。青山二郎先生是江户男子，诙谐的俏皮话张口就来，看着这组家具，他戏弄黑田说："哎呀，这靠垫真不错！哎呀，这椅子真难坐！"不管收到何种评价，他们都很开心，每一天都过得非常充实。我如今回想起来，那简直是一个如梦的时代，他们是一群让人羡慕的人。博览会取得了巨大成功，民艺之名渐渐传开了。

博览会上的这座民艺馆，后来被移建到企业家山本为二郎的宅邸里，名为"三国庄"。山本在1958年4月的《民艺》杂志上发表过相关文章。他从日本各地收集材料、人手和摆设，真是心气高、精力旺盛。他描述说："志同道合的年轻人们齐心协力地摸索创作出首件综合大作，竣工时所有人都激动得落了泪。"

这次再建远比初建费工夫。房子建成了，众人的意见却产生了分歧，终于变成了一团糟，想在船头掌舵的人太多，连山本也没了主意。虽然房子无法居住，他依然为伙伴们志同道合、友谊更进了一步而喜悦，他之所以这么坦荡，是因为过去的有钱人都大方气派啊。

在上野博览会之前，青山二郎受晚翠轩委托去朝鲜半岛寻觅来一批好东西，开了一个李朝陶器展。现在李朝古董很常见，但在当时知道的人寥寥无几。李朝陶器的简素之美立刻打动了众人，展品中还有一些李朝木器，黑田先生负责修理过，也观察琢磨过，他说从中获得了很多启发。民艺也好，李朝古董也好，那时只要一种美一露面，都会举世瞩目，真是一个意气风发的年代。相比之下，现在的繁荣显得那么无力，仿佛丢失了一种至关重要的东西。

最初我们只是普通市民，被人当作疯子，民艺运动也无人关心，却一下子发展壮大，在全国各地都有了支部和民艺作品商店。我作为民艺运动初期成员之一，忽然不知道这究竟算不算好事，不知该如何是好了。闲话少说。

——《民艺手帖》

黑田先生写的这段话，也是我的想法。事情的开端比结局美好，这个道理也表现在人际关系上，起初紧密团结在一起的上贺茂民艺协团不到三年就宣告解散，各人捡起了从前的工作。换句话说，他们都变得成熟了。年轻人的理想和热情固然美好，却难永葆。协团为人们留下"民艺"的概念后解体四散，也许是件该为之喜悦的好事。自此之后，黑田不再受民艺运动所限，继续他本来的专职工作了。话虽如此，民艺团并没有完全分开，他们的友情保持了很久。对于一个认真的工匠来说，和一切所谓"运动"分手也是理所当然的事。我想，黑田作为一位木匠，就是在这时真正走进了人们的视线里。比如我看他的作品，从未想过那是民艺，也从未联想到时代，连作者名字都忘了，看到的只是一件件纯粹的"优美之作"。

手工活儿原本就是一个人默默埋头做事，木工更是其中一种寡言的存在。也难怪黑田先生面对现代闹哄哄的民艺要长叹一声。前不久我看电视，听到一段莫名其妙的话，节目介绍了长野户隐竹编，配词介绍"这不是民艺，是日常生活用品"[13]。看来"民艺"这个词的含义已经发生了变化。就在这时，我深深感悟到民艺运动只有三年的生命，它早已终结在了京都上贺茂，我们把它当作一个美好的回忆就够了。所幸，黑田先生有他的工作，有埋头干活儿的体力和精神。所谓"民艺"就交给民艺家们吧，写到这里，我也该"闲话少说"了。

关于漆

关于生漆，黑田先生有个有趣的见解，他认为首先发现了生漆的不是人，而是蜂。

再大的蜂巢，根部也是由一根细柄支撑的，只有无比强韧并且恒久的物质才能支撑得起那样的重量。他查过资料，无果，只知道构成细柄的并不是蜡质，而类似漆。黑田觉得，那一定是漆。

雪融花开，南风和煦，京都人把早春的温暖南风叫作"ぼんぼろ風"，在温暖的阳光下做漆时，有蜂飞来，蜂尾沾一下生漆，飞快地逃离，身手非常敏捷。人们在深山里还发现蜂会采集漆树树脂，由此有了这种"学说"，认为生漆是蜂发现的，人照着模仿。

我不了解学者们对此"学说"的看法，但这一"学说"本身很有意思，它从实际经验中来，黑田先生经常做自然观察，虽说有些发现是他独有的见解，我觉得可信。在这里顺便说一句，他非常喜欢小动物，他在并不宽敞的家里乱哄哄地养着小猫小狗，甚至还养着松鼠。

"可好玩呢，松鼠就算养在暖和的房间里也会冬眠，身体变得僵僵的，我以为它死了，实际上活得好好的。一般来说，松鼠能活三年，可能它在我家活得安逸，活了有五六年呢。"

说起小动物，他的神情不像在说宠物，更像在说家人。无论他是坐在被炉里，还是正在工作，说起来都滔滔不绝，好像忘了周围的一切。

在我看来，他的生活形态是从他的木工工作中诞生的。人与木头共同生活（漆也包括在内），人会被自然吸收容纳，如果不这样，人就无法与木头对话。有人说黑田先生很懒，他做事确实慢悠悠的，但这绝非懒惰，他有自己独立的时间。他的时间和贝壳、木头、漆一起运转，所以即使他并不富有，看上去也活得丰盈，大概是他的这种生活方式所致吧。

毋庸赘言，漆是最好的涂料。世上再也没有哪种涂料能像生漆这么牢固持久，日本漆尤其卓越，中国因陶瓷而被称为"China"，日本因漆器而得名"Japan"。

这些小知识我虽知道，但关于漆我毫无了解。我请教黑田先生，他一脸困惑地告诉我："说老实话，我也不知道。"

首先，生漆是一种液体。这种液体会自然干燥，但是如果没有水分，反而不容易干。因为生漆有这种矛盾的属性，所以很难打理，需要放置在空气不流通的空间里，保持一定的湿度才会干，这一招也算以敌制敌。

影响生漆干燥的因素很多，房间状况、季节、当地地形、天气和时间都很重要。温度计和湿度计此时派不上用场，可依靠的只有工匠的实际经验。可以说，经验是从过去的失败中得来的。让漆变得更浓稠，术语上叫作"熟"，把生漆放进一个大大的熟漆钵里，晾置在阳光下，慢慢搅拌，让水分蒸发。几小时后，即使是外行也能看出漆变浓稠了，这种稠漆术语叫作"熟漆"，是做"溜涂""色漆"的原料。但是如果漆太过浓稠，缺少水分，反而无法干燥。

漆也不能近火（不是怕火，而是近火则不易干），温度超过二十摄氏度，漆就不容易干。漆干不了，无论怎么上漆、经过多长时间，器物表面也是黏糊糊的。漆在夏天容易变软，相对易用；冬天会变硬，要隔水加热使之软化。但如果水温过高，漆就会难干，很难对付。漆是活物，如果我们不谨慎对待，它马上就会死灭。中国有句老话叫"漆因湿而干"[14]。生漆变干的决定性因素到底是什么，据说科学分析也没能得出结果。难怪黑田先生说他也不懂。看来人越和漆打交道，越觉得它神秘。

漆在英语里叫作"lacquer"，它和生漆有本质不同，前者是动物性的，后者则是植物性的。"lacquer"原本来自一种叫作"lacquer lacca"的甲壳虫，用酒精溶解虫体上的蜡质得来"lacquer"，俗称"清漆"，现在也有合成树脂的。出乎意料的是，"lacquer"的历史非常悠久，在正仓院献物账上记载有"紫矿"，实物现在依旧存在。清漆与漆相比不持久、易溶于酒精，这既是优点，也是缺点。它的制法比漆简单，过去人们拿它临时抵用，用起来也简单，外行也能干，理所当然涂出来也没什么品格味道。

"中国有句老话叫'因器知政'。这句话用在漆上也成立，如果世态不平稳，做漆这种费时费心的活儿是干不下去的。"黑田先生这样说。

漆是日本产得最好，现在漆的需求增加，日本也从中国进口，中国漆与日本漆在质量上不分上下，但是会将好漆和劣漆混在一起，丧失了最关键的个性。日本也从热带地区进口漆，炎热之地所产的漆胶质比较强，所以从印度和中国台湾来的漆质量不算上乘。

无论如何，从质量上来说要数日本漆最好，质地均匀细腻、光泽优美。即使同为日本漆，出产地不同，个性也不一样，北陆的漆最有光泽，吉野和纪州出产的漆易干且使用方便。采漆时节不同，漆质也有变化，盛夏所采和入秋所采的漆不一样。日本东北部和南部的九州也产优质漆，无法定论何地才是最佳产地，日本真不负"漆国"之名。

不仅是漆，此理在日本其他文化上也讲得通。日本是东方的一座孤岛，好坏都在"孤"字上，这座孤岛就像世界文化的风积角落，无论是什么，只要经过日本人之手，就会变成一种更难以言说的、精巧的、浓密的东西。即使在世界变窄小的现在，日本依然保有这个特点，我也完全不希望它改变。

日本漆如此有名，但出人意料的是，其历史并不为人所知。在绳纹文化遗址出土的弓上附着有漆的残片，但应该是作为一种胶用来加固弓弦的。黑田先生认为，这不像是涂料，更像是强化剂。古代的黏合剂主要有鱼胶、熟糯米，缺点是易溶于水，受潮后黏性会减弱，在强度上都不如漆。漆的有趣之处在于强韧持久，一旦黏合就会渗透到极微细处，绝不会还原。

我向黑田先生请教这些问题，他回答得极其笼统，不过我多少有一些了解。前文写过，漆有丧失水分后不易干的特性，所以日本湿度大的气候条件非常适合做漆。当然，后来人们还专门发明了湿窖。湿度不够，或是没有梅雨的地方，是做不了漆的。一些地方虽然雨水多，但天气太过炎热，也不适合做漆。美国、欧洲、非洲这些地方根本不用提。日本在这一点上，拥有适合做漆的天然条件，采漆和加工技术也极其发达。现在，漆除了用来制作漆器，还可以用在船只涂料、染织纸模上，是一种不可或缺的材料。我们无从确认漆究竟是不是蜂先发现的，但有史记载之前，漆的确已经出现在了人类的生活里。

黑田先生一边干着手里的活儿，一边说有时他脑海里会浮现出一个原始人的形象——注视着树脂慢慢从漆树上滴下、自然变干的全过程。他说话时的表情充满喜悦，像是第一次发现了漆一样。虽然他说不清漆的科学道理，在我看来，像这样紧紧抓住了漆的本质的人，除了他，也没有谁了。

综上所述，漆是一种在各种意义上充满了矛盾的东西，除了干燥需要湿润的环境，漆还坚硬中有柔和，强韧却无阻，能渗透到极其细微之处。作为黏合剂，漆富有弹性，外观优美，触感温暖，既实用又充满艺术性，再也没有哪种涂料能兼有这些优点。现代科学技术在不断发展，人们想用技术人工合成漆，但做出来的可能是别的，唯独不是漆。如果说漆有缺点，那就是颜色呈现焦糖般的微褐色，未干的生漆容易导致接触者皮肤过敏，现在科学家在着力研究如何去色和去毒性。生漆之所以导致皮肤过敏，并非毒性所致，而是因为生漆中含有的漆酚成分会导致轻微的烧伤。在我的想象中，生漆之所以会干，就是因为漆酚在发挥作用。水分不足，漆则不易干这一点，我始终有点儿不明白，于是百般缠着黑田先生带我旁观了湿窖中的实际工作程序，模模糊糊地弄明白了一些。但是，漆依旧是一个深不可测的谜题。连黑田先生都弄不明白的事情，我这种外行就更不行了。我这么写着，越发感到黑田先生最初说的"漆不好懂"这句话有沉甸甸的重量。

关于漆器

漆器所用的漆大致分类的话只有两种，即生漆和熟漆。生漆用来打底，熟漆用来后期上色。生漆如其名，是直接从漆树上收集来的，带着少许黏性，接触空气时间长了，颜色会变黑，看上去流动性很强，像水一样。只用生漆打底的漆器叫作"拭漆"，看似只用生漆便完成了全部工序，实际操作非常麻烦，要上很多次，每上一次就要拭去或者擦花，所以被称为"拭漆"。即使是最简单的茶碟，在黑田先生手里要上十几次漆，让漆一层层重叠，现出光泽。经过这样的处理，漆下的木纹会清晰地显现出来，在使用期间慢慢磨合，漆器会变得越来越有韵味、越来越美。

和日本漆器相比，朝鲜半岛的食案和片口[15] 显得很朴素，自有一番风味。如果原木不上漆，很容易变脏，上漆是为了防脏。中国和朝鲜半岛上漆风格粗犷，这种风格到了日本发生了变化，日本人的想法是怎样让木底看上去更优美，这种思路尤其凸显日本人的精神气质。如此看来，拭漆是一种最原始的手法，同时也充分发挥了天然材料之美。用黑田先生的话说，拭漆和钓鲫鱼非常相似，两者都没有可炫技的地方，尽管如此，一心想做下去的话也没有止境，做得够多便现出了风骨。拭漆还有一个名字叫"擦漆"，因为木头上的漆不是涂上去的，更像是擦进了木纹肌理里。最开始用的是质地较粗的棉布或羊毛织物，再用柔软的干布沾上柿涩液[16]细擦，防止灰尘沉积，接着用吉野纸沾上柿涩液擦一遍，最后的一道工序用手。据说用手上漆是最理想的，手能抹去毛刷和细布留下的细纹，但是黑田先生倒没有考虑这么多，是长年的经验让他自然而然地知道了该怎么办而已。

在茶道人士眼里，茶器有"千遍擦"一说。漆的层数越多，颜色越浅，越有透明感，可以像玻璃一样光滑。五层漆和十层漆肉眼还能看出区别，十层漆和十一层漆连黑田先生也分辨不出来。"千遍"是种夸张的说法，不过，做工越细则东西越美这个道理没有错，层层擦拭后会呈现出一种关西人所说的"松弛醇厚"的味道。所以拭漆看似简单，实际非常考验耐心，一层漆最少也要四五个小时才能干燥。据说"放置时间长到想不起来才好"是做漆的秘诀，总之，花的时间越长越好。

生漆质地轻盈，除了用作拭漆，只能用来打底。这种时候需要和其他东西混合使用，加了砥石粉的叫作"锈"，再混入石灰粉的叫作"地"；和面粉揉在一起的称为"麦漆"，麦漆里再混入锯末的叫作"木粪"。这些都是用来打底的，也可以用来加固边角的强度、修补伤痕。还有一种叫作"濑缔"的漆效果特别好，专门用来修补，其中名为"别天濑缔"的质量最佳，采自丹波深山，现在几乎看不到了。

漆是从春天到秋天自然蓄积的树脂，人们用漆桶把这些树脂采集到一起。我在这里顺便说一句，漆不是采来的，更恰如其分地说是"刮"来的。收漆人每天早晨进山，在漆树上划一道口子，树中的液体慢慢渗出，等到下午就可以去收集了。一般来说，一棵树一天只能划一道口子。在秋冬季节里，人们砍下漆树树枝，挤出树枝内剩余的汁液，便得到了"濑缔"。人们先将树枝在水里泡一段时间，剥去树皮，边捶碎边挤。但毕竟是残渣，只能挤出来少许。"濑缔"完全干燥后坚硬如石，不易损坏，一般用在小函匣的边角、枣形茶罐的边缘等紧要之处。漆艺行家们把"濑缔"也叫作"坏窖漆"，因为濑缔极不易干，需要保持窖内高温高湿，所以窖很容易受损。此漆难干，因为并非天然渗出，在采集时人工过分干预，漆的特性被减弱了。为了它，人们付出了久等不干的代价，得到了强黏合力的补偿。此理也可解释熟漆，天然漆经过人手，黏度增强了，也变得难干了。

我想以枣形茶罐为例说明做漆的过程。首先给素白木底刷上生漆，这叫作"弃擦"，黑田先生在这道工序上用了最优质的生漆。接下来用掺了面粉和锯末的木粪漆填补木头接缝和瑕疵，再用非常黏的麦漆将麻布黏合上去，与其说"黏合上去"，不如说是"围上去"，术语叫作"穿衣"，就像披和服一样将麻布围上去。每道工序都需要花时间干燥。拌匀底粉，抹平布纹，如此重复两到三次，此步骤是最关键的，直接决定最后的品相。

接下来用濑缔漆加固个别关键部位，用锈漆将整体打理匀称，用磨石修形，如此重复两次。干燥之后，尽量长时间放置。锈漆如其名，在这一步里呈现出黑色，质地很细腻，做到这里差不多就打好底了。如果镶嵌螺钿，就在这一步里把贝片埋进去。一般来说打好了底，基本工序就完成了。

枣形茶罐最被看重的是盖子和罐身是否严丝合缝。做到严丝合缝好像很困难，但对黑田先生来说根本不是难事，因为在打底过程中可以自由调整。比起严丝合缝，更关键的是打底做得够不够踏实。打底需要更多耐心，更费工夫，要重复很多次，修平整后上漆，让漆干燥，如此反复五六遍。这些写出来似乎简单，实际上亲眼看过才知道打底工序耗时耗力，黑田先生在此处花费了大量精力。我每次去他家，都能看到尚未完成的作品在工作间的架子上摆得满满当当的，它们似乎正在用怜悯的目光俯视着忙碌的现代人，似乎在说匆匆忙忙是做不出好作品来的。"放置时间长到想不起来才好"，又何尝只是做漆的秘诀？

漆的干燥，是一种收紧。这是一种从漆器表面到内部的收紧，说得准确一点儿，就是漆渗透进木材，让木材自身收紧了。之所以要尽量长时间放置，是为了干燥得更均匀，木头是活物，不仅会收缩，有时也会膨胀，木头与漆的调和需要把握好分寸。人们能做的，只是一遍遍上漆，一遍遍干燥，其余的就听天由命。

京都三条寺町"美浓屋"漆器店的老板是一位漆器行家，特别会看漆器的底做得好不好。不管漆器是描金莳绘，还是镶嵌着螺钿，他都能透过表层，看穿里面，像是有透视眼。他用手掂掂重量，摸摸表面，就知道打底上了几遍漆。所以在漆器工匠圈子里有这么一说："只要美浓屋点头，东西就算合格了。"现在已经没人能把这个关了，只要想投机取巧，怎么也能蒙混过去，让漆器看上去有模有样。黑田先生就是在反抗这种风潮，就算没有可以识别之人，也不能蒙混。就算想偷懒，他也过不了自己心里这道坎儿，终究只有认真才能让自己心安。这种孤独寂寞的心境，只有名人大家才懂呀。

更觉良工心独苦

黑田先生家的玄关里挂着铁斋的书法挂轴，上书这七个字。在我看来，这七个字正是黑田先生的内心写照。见者就算无法完全理解字中真意，依旧能被其情怀打动。我对漆器一无所知，旁观他正直诚恳的工作情景后，才明白他的作品之美是从无数层打底中诞生的。工作中的黑田先生，从各种层面都可谓"屋檐下的大力士"。而且，无论他是无心所致，还是有心追求，我想，他"屋檐下的大力士"的姿态已经升华成了一种

溜涂茶碗

人生境界。

话说回来，打好了底，该上最后一层装饰漆了。如果直接用熟漆涂最后一层，则称为"溜涂"或"素地漆"。在我看来，这似乎是介于"拭漆"和"本涂"之间的手法。一些有年头的古旧漆器很难看出究竟是用的哪种手法，比如京都大云院所藏的金轮寺茶罐，上面有手磨旧的痕迹，据黑田先生说，可能兼用了拭漆和溜涂两种手法。过去似乎没有这么多手法上的区别，都是上一层熟漆。两种手法都是为了突出木质本色，所以只有微妙的不同，如果细分的话，区别就在于溜涂比拭漆看着更厚实一些。

图片上的茶碗是典型的溜涂作品，我每天都用这两个结实又好用的碗。碗大大的，焦糖色漆厚重又匀称，我捧在手里就觉得心里踏实。用的时间久了，漆下会慢慢现出木纹，这也是乐趣之一。黑田先生把它们送给我时，让我先把它们晾上半年，这样表面的黑晕就会消失，变成透亮的焦糖色，看得清漆下的木头纹理。熟漆当中也分"本黑"和"八分黑"，使用目的不同，浓度也不同，新皇居椅子用的是"朱溜"手法，是在朱漆之上涂抹了一层熟漆。

与此相反的手法是"蜡色"，不着重表现木质，更突出漆之美。这种手法是在充分上好中层漆后，涂一层掺了铁的熟漆。漆会氧化，表面出现气泡（肉眼看不出，在显微镜下很明显），所以要用木炭磨平气泡，再用鹿角粉研磨，加上油和唾液，最后用手磨，做出来的东西被称为"蜡色涂"。用黑田先生的话说，蜡色涂就像刻花玻璃被研磨的那一面，有着玻璃似的光泽，摸上去非常光滑，古时也曾被当作镜面，堪称漆器中最堂皇体面的一种。描金莳绘里有时用到蜡色，镶嵌螺钿最后要研磨，自然而然就会形成蜡色的效果。

也就是说，熟漆用木炭、鹿角粉、油和唾液研磨出来，就叫作"蜡色"。但是一般漆器不做蜡色处理，在中层漆之后直接上最后一道漆。一次就见真章，只有手艺特别好的工匠才做得到。用手上漆虽然不容易，但不用手更需要真功夫。做得好的话，真是又快又漂亮。漆艺经过现代技术研究，变得更方便实用了。古时的漆器秀衡碗、净法寺漆、根来漆等，因为天然漆本身很贵重，工匠们也不过分追求极致，所以最后一道漆上得大多很简易，和现在的做法相反。过去的东西乍看很随便，刷子毛的痕迹清晰可辨，反倒也自成一种美感。

我顺便在这里记一笔，所谓根来漆，是在黑漆之上涂朱漆，时间久了，朱漆渐渐剥落，缝隙中露出下面的黑底，颇有风味，俗称"断纹"。这是漆收缩后出现的龟裂，打底越厚，出现的纹样越大。现在有人为了做假断纹，或者在纸上刷漆来让纸裂开，或者用明胶做底。断纹是漆树脂收缩后形成的，所以不管如何造假，都很容易被识破。

前文写过熟漆除了用来做溜涂，还用来做底子，掺入各种东西后上最后一道漆。掺入硫化水银便成了朱漆，加入氧化铁变黑，加入黄石就是黄漆，加入红雀石就是绿漆，加入钛白就是白漆，这些加入颜料的漆叫作色漆。黑田先生有时也用蓝漆，他会用白漆或黄漆为蓝漆做底，色彩搭配得非常鲜艳。最近他还说想试试"漆绘"，他画得一手好画，把漆绘当作老年的兴趣之一来发挥就好。黑田先生一直与精致的"描金莳绘"无缘，说到底，他的真功夫还是毫无装饰的素漆。

追求木工之路

人们都说黑田先生是"在漆道上一路前行，到达了木工"。

只此一句还说不清楚。漆是涂料，故而没有形状。如果基础木工做得不到位，也就做不出好漆器。换句话说，漆的打底非常重要，支撑底漆的木工也算是一种基底。黑田先生看事情总是从最根本处看起，这种思考方式自然而然地促使他把漆艺和木工贯通起来，也许是别人做的木匠活儿满足不了他的要求吧。

不用说，手工艺是靠分工而成立的。拿木工举例，大致可分为仅靠木材的榫头结合制作家具的"指物师"、用整木旋出木碗木盘的"辘轳师"、雕木成型的"刳物师"、制作木桶木盆的"曲物师"等。拿漆艺举例的话，收集山里的漆再精制的是

"漆屋"，"涂物师"负责上漆，"莳绘师"负责在漆器表面施以彩绘，从生漆到漆器要经过以上几道加工工序。过去，这些专业职人连接得非常紧密，像拥有同一个身体，甚至在精神上也能相通。到了现代，这种连接断绝了，做家具的只做家具，涂物师只管上漆，各干各的，所以做出来的东西大多失去个性，成了雷同的商品。去参观传统工艺展的外行也能看出不对劲，即使表层的装饰各异，底层的东西却是一样的，这就称不上是理想的分工。染织的世界也是如此，借用黑田先生的话，要想将染色做到极致，必然要考虑到织物的层面；考虑织物，必然要深入到生丝和蚕茧。但是没有几个人能深究到此，也许是因为怠惰，也许是因为钝感，只能说，对材料的不讲究是文化走向衰弱的征兆。对此痛惜不已的工匠们试着把各道工序一手抓起，我很能理解他们的心情。

拿前述的木纹碗举例吧。

我第一次见到此碗，是在京都住宿，大年初一吃杂煮时。当时我就觉得这个碗别有味道，以为是古物，问了老板娘，才知道是黑田先生的作品，并且黑田先生家就在旅馆附近。我马上去拜访了他，说明来意后，黑田先生告诉我此碗是他在第二次世界大战前的作品，身边已经一个都不剩了。如果我实在想要，他可以为我新做。但是买一根榉木的话，不做一百个碗收不回成本。我马上在同伴中征集合买，待碗做好，已经是一两年后了。记得当时参加合买的有小林秀雄、作家今日出海、文艺评论家福田恒存等诸位先生。

以此为契机，我结识了黑田先生。前几天我去拜访他时，他谈起这件事，也谈起了第一次做此碗时的回忆。

那是大约在昭和十四年（1939），志贺直哉先生指名订的货。当时在近江一带有自古传承下来的木地师群体，他们专门用辘轳旋制原木碗和盘，这些人也被称为"辘轳师"，生活在日本各地。近江朽木谷的匠人们尤其出名，他们做出的东西在京都被称为"朽木碗""朽木盘"，其质朴的外观很受欢迎。志贺先生建议黑田先生试着做此类东西。

按黑田的性格，他自然想知道原木的情况，所以直接去了朽木谷。就算现在交通方便了很多，过了八濑和大原后，要跨越花折岭，路还是很不好走。跨越过花折岭后，便到了安昙川的源头。坐巴士抵达山麓的"途中"小村，再往前行需要徒步。那时正逢"卢沟桥事变"，朽木谷里已经没有了辘轳师，仅在安昙川沿岸一个叫"贯井"的部落里有一家工坊。在之后的两年时间里，黑田先生不断往返于京都和贯井之间。贯井这家工坊辘轳师的工作甚是寒微，他们做好原木碗，送到若狭一带，若狭的工匠再做精加工。所用原木主要是橡木。途中小村之所以叫"途中"，是因为不管是去近江，还是去京都，这里都是途中必经之地。"途中"在日语中和"栃[17]生"同音，说不定这里的地名原本是"栃生"呢。这里自古遍生橡树，留存至今的"朽木盘"也是用大方橡制作而成的。

关于木地师我曾多次写过，直至明治维新，他们一直被赋予特权，可以随意在日本各地自由伐木，所以子孙遍及日本各地。他们算是流浪者，进山寻找良材，找到合适的木头后，原地建起小屋生活。他们会将木头旋出粗型，因为比起原木，粗型更方便搬运。黑田先生去时，那里的木工师还保留着传统做派，手艺好的人，动作快得让人惊叹。他们去掉原木块的边角，用手斧挖掉中央，眨眼间原型就有了。之后他们再用辘轳车粗型，一口气加工到底，做好后可以直接作为杂器使用，质量上乘的慢慢干燥后再做加工。至此都是木地师的活儿，之后的工序会由漆师接手。

被称为"朽木盘"的物件多是椭圆形，这并非故意为之，而是原木未经干燥，快速加工成型，时间一长出现变形。这种变形也自有一番风味。据说，木头纵向的一个长度单位相比横向能伸缩变化二十倍，橡木尤其容易变形。用木工匠人的话说，桧木最"老实"，不容易变形，"即便昨天还是上面落着鸟儿的一棵树，今天也能直接拿来用"。橡木也叫作"缩木"，树身有细密的纵纹，这些纹路正是变形之源。但在黑田先生看来，"变形是木头的天然本性，是树木鲜活的生命证据，不变形才奇怪"。如果顺从听话的桧木是优等生，那么橡木之类的杂木就是性情本真的淘气小孩，很少有木头能和橡木一样，呈现出如此丰富的纹路变化，橡木和木地师真是天生一对。

那时贯井村有位性情独特的村长，致力于保存和传承木地师的传统。村长主张匠人们不能只制作底坯，更应该从粗型到上漆一条龙做起。黑田先生与村长想法一致。当时村里的年轻人都被征兵了，好不容易建好的木工坊里空无一人。黑田借住在那里，一日三餐和辘轳师们吃在一起。那是一段粗陋原始的生活，他从中学到很多手艺。因为平时承蒙村人照顾，他在盂兰盆节做了鸡肉请村民们吃，几位村民感慨地说，他们平生从未吃过这么好吃的东西。他一边在村里干活儿，一边四处寻找适合做碗的木材，终于在一个叫作"平良"的平家后裔部落里找到了合适的。平良位于贯井西北，在毗邻丹波高原的深山里。黑田先生走路进山，找到木头，再用平板车拉下山。他对这段往事记忆犹新，说那时候特别辛苦，也特别有意思。

我在前文写过，黑田先生祖辈是大圣寺前田一族的家臣工匠，家谱可以上溯到丹波筱山朽木一族的一位重臣，他家的二儿子被前田一族主君看中，过继给前田的臣子饭田。朽木谷的地名，便来自朽木一族。朽木一族在室町时代曾统领那一带很大一片土地，至今还有庭院遗迹可寻。黑田先生的祖先一定在此居住过，由此看来，他与这片土地有着深厚的渊源，和当地工匠们的共同生活，想必让他终生难忘吧。

在我看来，黑田先生之所以立志当木工匠，之所以比起表层更注重打底，是命中注定，也是祖先遗传。他的做法、想法像一种修养，也像一种性情，非一朝一夕可养成。他的身体里流动着木地师的血液，流动着传统。与木地师们共同生活的两年时间，对黑田先生产生了莫大的影响。

做碗的方法有很多，贯井的传统做法是先做出大体的原型，运到工坊二层放置一段时间，一层房间里生着炉火，正好起烘干作用。干燥好的原型用辘轳加工到中等程度，质量好的过三遍辘轳，会变得更齐整。干燥时间因木材厚度而不同，短则半年、一年，长则和漆一样，越久越好。还有一种方法是原型做好后，放进大锅里煮，因为时间仓促，必会出现残次。另外还可以用干燥剂，但失败率也非常高。所以说，任何人工干燥技术都比不上自然干燥。就像胎儿在母体里成长，坚实的基础是在人眼看不见的地方打好的。

"也许 20 世纪的文化称得上是无物文化，因为孕育的力量太孱弱了。"黑田先生如此叹息。

现在我们身边有无数的东西，但其中有几个有灵魂呢？黑田先生的作品里有灵魂，或者说，有作者的真心。木纹碗在他的作品里只是一个不起眼的存在，但即使在这样一个小东西上，他也倾注了无尽真情，所以此碗才能那么打动人心。

"木头是活物"似乎是黑田先生的口头禅。有一次，他劈开一段旧木材给我看，那是一块出自奈良著名寺院的榉木板，这块板取下来时已有四百年历史。他得到这块木板时欣喜万分，马上着手把厚木板剖成了两半，被剖开的板材立刻出现了弯曲，他想把板材弄直，于是钉了木楔，连黑田先生也没想到，板材竟然顺着楔子裂成了两半。一块干燥了四百年的古木材，至今依然会发生变形，真叫人意外。看来应该更耐心些，多花些时间，慢慢处理才对，不能因为是古木材就不上心，这件事让黑田先生心存遗憾。木材会动，证明它还有生命。木头的生命究竟能存在几千年？这恐怕是无人知晓的事。

榉木不管经历了多长时间，依然容易变形。而最温驯听话的桧木，是做漆器的最优底材，适合用刀具加工，断面手感非常好，材质中庸平和，富有弹性，被黑田先生誉为"木材之王"。其中最优质的是尾州桧，木材伐下之后，绑成木筏，沿着木曾川而下，一路上木之烈性渐消，收敛得恰到好处。过去的人们真是懂得最好的做事顺序，不用假以人手，大自然就会全部处理好。

据说寻遍世界也找不到比尾州桧更好的木材。说到木材的风味，榉木、梅木、栗木、柿木都非常好，纹理优美，结实牢靠，都是有代表性的木材。从古至今，神社建筑用桧木，佛教寺院用榉木，似乎是不成文的规矩，我很想知道这种做法渊源何在。桧是针叶树，生长在山林里；榉是阔叶树，挺立在原野上。它们都称得上是日本有代表性的树木。

常被用作木材的还有杉木。杉木在木材中属于偏软的一类，会随着时间渐渐变细，不适合用来制作工艺品。黑田先生经手过各种木头，从优质桧木到普通木头疙瘩，他说木头各有特性，问他最喜欢哪种，他也说不好，唯独桑木有种茶臭，他不太喜欢。

最近他对竹子产生了兴趣，有时会用竹子制作花器。专门制作竹器的工匠一般自称"某某斋"，黑田先生的花器和这些人的不一样，器如其人，尺寸很大，形状舒展利落，也适合摆在西式房间里。做竹器对他来说只是业余爱好，但他做竹器也很有些年头。昭和之初，青山二郎先生主办过一个李朝展览会，黑田先生被其中一个斑竹架迷倒。按他的性情，自然是马上就想模仿着做一个，但他不懂竹子，只好试着用煤竹做，做出的东西很不好看。1970年，他在三越百货店举办个人展时，忽然想起这件事，于是重新做了一次。黑田先生的作品便是如此，一般要构思三四十年。

他告诉我，在竹器当中，本阿弥光悦的名为"一本水仙"的竹茶勺是一流佳品。我没见过此物，据说是件朴素工整的美物。黑田先生不喜欢茶道做派，却对本阿弥光悦十分倾心。竹器看似简单，若要让竹呈现天然之美，需要在选材上花功夫，在竹片上开一个小洞也要仔细斟酌一番。茶道界规矩多，专门做竹器的工匠会买下整片竹林，等到了黑田先生这里，已经没剩下什么好竹子了。竹材店把竹子上的好地方取下来后，竹根倒是能传到黑田先生手里。他不用受形状和规矩的制约，可以自由发挥，倒成了意外之幸。由此，也诞生了不少从废物利用而来的颇具独创性的作品。

在黑田先生看来，做竹器和干本职的木工活儿不一样，算是解闷。我喜欢他做的竹器，也是因为他做的东西上有这种放松的玩心，再也没有什么比知名工匠的业余爱好更好玩的东西了。如此说来，富冈铁斋先生把画画当作业余爱好，因为业余所以好，他的业余画作反倒流传于世了。我无心建议黑田先生只沉溺于业余爱好，只是想着，除了那些郑重大作，今后若能多做一些此类小物就好了。

木工之旅

前几天，我去黑田先生家，看见他桌上有一个墨水瓶，从边角的造型看像是李朝风格，妥帖顺手的样子有种说不出的味道。我问过才知道，这原本是志贺先生的旧藏，可能装过墨水，所以边边角角渗透着色斑。黑田先生当年做这个墨水瓶时，志贺先生正住在奈良，由此可以推想，志贺的众多优秀作品是从这个墨水瓶中诞生的。如此想来，我不由得感慨万分。

此瓶承载了黑田先生的很多回忆。说来话长，时间要上溯到第二次世界大战前，大概在昭和九年（1934），二十九岁的黑田先生忽然接到了北海道知事的邀请，请他去指导当地的木工。当时北海道有树木，却没有相关的产业，知事认为只产木头而没有加工技术太吃亏，用今天的话说，知事是在考虑产业开发。黑田找河井宽次郎商谈了此事，每日新闻的岩井先生也劝黑田接受邀请，这毕竟是一个推广民艺运动的绝好机会，所以他在短时间内决定出发去北海道。八月底接到邀请，九月初他就出现在札幌的火车站台上了。平时干什么都不紧不慢的黑

墨水瓶　志賀直哉旧藏

田先生，遇到大事一点儿都不犹豫，他马上动身去了位于琴似的实验所，在那里新开设了木工部，开始了指导工作。四个月后，他接到父亲病危的电报，匆忙回到京都，在北海道的工作就这样结束了。之所以这么短暂，不仅是因为他父亲病逝，也因为事情的进展与他最初设想的不一致。可以想象，黑田先生这种性格的工匠，和当地的政府官僚是不太可能谈到一起去的。对方希望马上实现商品化，黑田则想把手艺从头教起。最初的热情有多高涨，换来的失望就有多大。墨水瓶就是在这段时间做成的，他在当地捡到一个水曲柳木瘤，为了消解寂寞而做了这个墨水瓶。瓶子非常结实，雕得很细致，足见他当时的心境。

这种有着圆溜溜的隆起、葡萄似的饱满纹路，专业术语叫作葡萄木纹。当树木被昆虫侵入或受了外伤时，为了自愈，自然而然形成了木瘤。木瘤看似坚硬，实际质地很软，一般常见于榉木、樟木等高大的树木上，其中椴楂的葡萄木纹尤其好看。

黑田先生在北海道的工作就这么结束了，虽然他的理想败给了现实，不过他创建的木工部一直延续至今，也算是一种安慰吧。

之后他接受过多方邀请，在那些地方短期停留，大多以失望告终，他变得越来越孤独。

"不奇怪，这么费工夫的活儿没人想干。"

他虽这么说，自己却乐此不疲，而且越做越深了。最近他对常春藤有了兴趣，话说着说着就会拐到常春藤上。我为了写这篇文章，请他详细说说，才知道他对常春藤的兴趣不是这几年才有的，而是早在四五十年前就已经在留意了，我再次为他的耐心叹服。

那是他不到二十岁时的事。现在的京都冈崎美术馆那时还是京都商品陈列场，黑田先生在那里第一次看到了金轮寺的茶罐，说明书上写着材质是常春藤。他遍寻京都的木材店而不得，没有一家商店听说过，更没有见过，人们都一脸惊讶地看着他。

但他对那个茶罐一见难忘，找不到常春藤，他就拿百日红试着做了。后来，在京都和大阪等地的茶器展览会上，他还见过很多金轮寺风格的茶罐，但没有一个能与京都大云院收藏的正品媲美。他暗下决心，一定要做个好的出来。

在这里，我想稍稍写几句金轮寺。在南北朝时代[18]，后醍醐天皇[19]在吉野藏身时，用吉野山上的常春藤做了装药的药瓶。这些药瓶现在仅存一个，被大云院收藏，盖子内侧写着朱字"敕"，底部写着"廿一之内"，由此可推断当时至少做了二十一个。后来进入室町时代，茶道盛行，药瓶被当作茶道用具，冠名"金轮寺茶入"，备受珍重，渐渐成了被后世模仿的经典造型。

如此一来，世上存在着很多金轮寺茶罐，但无论是外观还是气质，没有一个比得上真品。真品上的"敕"字，说明此罐是天皇下令制作的，但没有确证是不是后醍醐天皇。所谓的金轮寺究竟在哪里，是个什么样的寺院，也没人知道。在吉野山藏王堂后面，有一个叫作"金轮王寺迹"的地方，曾有过天皇行宫，说不定"金轮寺"就是那里的简称。另外，在丹波有三处叫金轮寺的寺院，其中一个做药，说不定与之有关。所以这个茶罐尽管有名，渊源却完全是一个谜。

日本古董大多背后有故事，所以有趣。反过来也可以说，因为东西受人喜爱，所以催生出了许多故事，每个故事都印证了古人的恋物之心。也正因为东西被故事包裹着，才能一直流传至今，要知道大多数古董是外观不起眼、称不上堂皇体面的容器，不懂的人会觉得这些东西一文不值。如果这些东西被杂乱放在收破烂儿的地方，应该没有几人会对它们正眼相看？而黑田先生在十八九岁时，已经为这种特殊的美倾倒了。

和墨西哥贝一样，等他后来弄到了常春藤，时间已经过去了几十年。

有一次，黑田先生去石川县山中，途中在大圣寺换车，因为还有时间，他在四周稍稍散步。一家店前有人在雕花格子窗，他随意看了看，有人和他打招呼："您是黑田先生吧？"说话的是林龙代先生，林先生是富山县的一位知名雕刻家。黑田先生心中一动，向林先生询问起常春藤。林先生告诉他，他有一个徒弟前几天刚好说起富山的庄川山里好像有常春藤，多被用来做摆件，或用来插花，花材店里有卖，黑田先生听后马上去了庄川。

这是十五年前的事，距他最初寻找常春藤已经过去了三十年。庄川上游河谷幽深，俯身望去，能看见那里长着粗大的藤条。这段往事黑田先生讲过很多次。当他慢慢够到了那段藤时，心里别提多高兴了。黑田先生给我看过他和藤的合影，在分成两股的颀长藤木边，站着同样颀长的、身着短裤的黑田先生，正与藤条比高。要知道，这是他等了三十年终于寻觅到的宝物。"久觅终得一见"，说的就是这个瞬间吧。

黑田先生把他用这段藤木做的作品送给我，手法是我前面写过的拭漆，越用越有味道。自那之后，只要他弄到藤木，便会做同样的茶罐，做了得有几十个。只要是藤木，他便做成金轮寺风格，不做创新。如今的时代流行创新，黑田先生的做法实属少见。在我看来，此处正显出了他的一颗谦虚之心。

黑田先生说："金轮寺茶罐是木工作品里的杰作。但不为世人所知。一般人也没有机会见到。我这么做，只是想告诉大家，世上还有这么优美的东西。"

不仅是此茶罐，随意拿起黑田先生的一件作品，严格地说都不是他的独创。尽管如此，每一件作品都带着他的鲜明个性，一眼就能看出是他的作品，这正是他与普通工艺美术家的不同之处。他不执意创新，换个角度看，这也正是他的自信所在。

黑田先生说："创新是件辛苦事，很麻烦，有句下将棋的谚语说'手笨瞎想等于浪费时间'，木工活儿也是同样的道理。"

他还说："从古至今，真正的好东西是建立在创作之上的，不仅有作者的功劳，周围的环境也起作用，成事在天，个人的力量算不上什么。"

我最近一次去黑田先生家时，正逢带着皮的常春藤送到。黑田先生心情特别好，一边用柴刀剥藤皮，一边和我聊天：

"常春藤分为四种，富山县的大多是'丑女藤'。今天到的这些，种类各有不同。有一个词叫'茑葛'，藤和葛大体上属于茑葛的一类，乍看不容易区分。不过，草字头的植物无论外形与树木有多相似，也终究是草，质地酥软，与树木的感觉不一样。一般从深山里砍下来的常春藤，要在河水里浸泡六个月，泡着泡着，表皮会自然剥落。去掉皮后，再泡进水里，之后收拾出大体形状，再阴干，如果把中间掏空，干燥起来会更快。三个月之后，用辘轳加工出形状，这道工序叫'出中型'，器物基本上就成型了。但因为木头还会变形，需要继续阴干两三个月。干燥程度只能看到表面，看不到里面，得用手掂分量。最后的精加工要用小刀或者刨子刨平表面，再上二十遍拭漆，一件作品才终于完工。"

黑田先生给我讲解的时候，还说了这么一件事：

金轮寺的真品上铭刻着"廿一之内"，他心里一直惦记着如果当年做出了二十一个，流传至今的也许不止一个。吉野有后醍醐天皇的遗物，另外，大和的陀罗尼助总店的老板对药器颇有研究，黑田先生一直想去拜访，却找不到机会。

正好我要去吉野采访，请他与我同行，他喜出望外。第二天，我们便出发去了大和。那天清晨，天气晴好如阳春，我们在山边路旁吃过便当后，转向了大和高田市。在一个叫根成柿的村里找到了陀罗尼助总店，我们拜访了店老板。

陀罗尼助是一种山伏苦行僧们用的汉方中药，简称陀罗助。总店店面宽敞，很有世家大户的气派。老板名叫辻清六，除了陀罗助，最近还开发出了不少新药。"根成柿"这样的地名很少见，老板说前一阵子有个小说家来村里采访，我一听便知是水上勉先生。水上先生在《中央公论》杂志上连载的《宇野浩二传》我也读了，宇野在根成柿村住过一段时间，住家就在辻老板家对面。说到这儿，我们越聊越热络，我提起了藤质药瓶的事，原来直到明治时代中期，从中国进口来的药材都会装在藤药瓶里。藤能保质，兼起干燥剂的作用。辻老板说那些藤瓶虽然做工粗糙，但颇有韵味。但是很遗憾，他家里一个都没剩下，因为都是杂器，用完就扔了。也许金轮寺茶罐最初是模仿这些藤瓶做出来的，二十一个里面只有一个流传至今，可能是因为人们一直没把它们当回事。概括地说，金轮寺茶罐也算民艺的一种，茶道最初也看中了其中之美。尽管"民艺"这个词现在定义越来越暧昧，但毫无疑问，当年柳宗悦等人一心想做的，并不是直接反对茶道本身，而是希望茶道去掉高姿态，返回最初的本真之态。我一直觉得民艺运动的根本目标，是让

金轮寺茶罐

千利休的精神再次复兴。

有点儿跑题了，总之在药店里，我们没能看到向往已久的茶罐，老板过意不去，特地从保险柜拿出麝香和黄檗等贵重药材给我们看，他真是个厚道人，有着十足的世家户主风范。老板说既然他家也没有什么值得看的了，他愿意带我们去吉野山。我们坐着辻老板的车去了吉野山，从高田翻过山就看见了吉野山，开车用不了三十分钟。

冬天的吉野山一片闲寂，比我想象中的要暖和，我们去了名为东南院的小寺，寺中住持带着我们去了吉水院。吉水院曾是后醍醐天皇行宫所在地，留有大量遗品。冬天没有游客，住持特意开门取出宝物给我们看。其中有三个藤茶罐，都是金轮寺茶罐的造型，但不如大云院收藏的古旧。古型的盖子是伞状的，边缘多出一圈，和严丝合缝光溜溜的枣形茶罐不一样。据黑田先生说，伞形模仿的是笠塔婆[20]，随着时代变迁而渐渐被弃用，变成了现在的枣形。

吉水院的茶罐无疑是好东西，但即使是外行也能看出，其年代不超过桃山时代，想必是后世为纪念后醍醐天皇而制作的，自有一番意义。不是我吹毛求疵，这次旅行没能看到我想看的，所幸我弄明白了，茶罐的原型是药瓶，极有可能与修验道苦行僧有关，渊源出自吉野山。话说回来，就算没有收获，我们为寻觅藤茶罐而远赴吉野山，也是一场轻松的小旅行，回忆很美好，我想自己会一直记在心上。

黑田先生还有一个感兴趣的木工活儿，便是"我谷盘"。

> 那是昭和八年（1933）夏天的事，为了给祖父五十周年忌日做法事，我和父亲一起回了老家山中町，借宿在父亲的堂兄弟家。在那儿，我看见一个在关西地方很少见的木器，那是一个用整木做成的四角取圆的方盘。我一下子就被吸引了，缠着人家问到底，原来这个方盘是从山中町去九谷的路上的一个叫"我谷"的小村的特产，村里还有很多不同的款式，现在也还在制作。
>
> ——《民艺手帖》 1963 年 9 月号

他直接去了我谷村。那时正逢八月酷暑，六公里山路走得很辛苦，好不容易进了村，村中一片寂静，大声招呼也无人回应，他心有不甘地原路返回了。如此过了三十年，不是他忘记了，而是战争和生活不容他回想。而他的愿望得以实现，是在昭和三十七年（1962）五月，他乘坐北陆线火车，换车时在大圣寺街上散步，遇到了林龙代先生。

黑田就是在那时从林先生那里问到了哪里有常春藤，而他那时的目的地其实是我谷。

可能他先去了我谷，之后才去庄川上游找到了藤。时隔三十年，我谷村变化很大，附近要修建水库，村庄马上会被淹没。村里到处可见被丢弃的旧木器，神社的匾额也是我谷式样的木雕。而村民们对木工毫无兴趣，一心向往着住上"镶嵌着大玻璃的房子"。黑田下定决心，无论如何也要留住我谷的木雕手艺，再不珍惜就来不及了。

我谷的木工活儿统称"我谷盘"，木材以栗木为主，用圆刃凿子刨出来的线条粗犷有力。栗木里含有单宁，有些部位会变成黑色，非常有风味。雕刻下刀随性，很是生动自然。用黑田先生的话说就是"充分显示出了民艺运动的精神，是天衣无缝之作"。所幸的是，雕刻家林龙代继承了黑田先生"留住我谷木雕"的心愿，现今在自行制作我谷盘。但是最近的我谷盘多少有些粗糙，也许只要技术保留下来了，慢慢就会涌现出好作品吧。据林先生说，此种木工活儿发祥于元禄时代，从北陆一带流传到各地，在金泽被称为"太助盘"，名字可能来源于一个名叫太助的著名工匠。

新皇居的椅子

在新皇居的"千草·千鸟厅"里，排列着三十把黑田先生做的椅子。根据高尾亮一先生的记录，此处是宾客进入正殿前休息等候的房间。千草厅六十六平方米，千鸟厅八十五平方米，椅子在宽敞的房间正中整齐排列，看上去气势非凡。从最早在上野博览会展出家具作品到如今，四十年岁月过去，不知黑田先生心中有怎样的感慨。

众所周知，自从明治开国以来，崇拜西洋文明的思潮成为不可阻挡的时代主流，在气候、风土人情、习惯、传统都与西洋截然相异的日本风靡至今。日本椅子的历史也不例外。时代进程催生出了崭新的生活方式。与此同时，椅子的造型和服饰、饮食、起居等文化现象一样，进入了创作探索实验时期，一直未能走出模仿的领域，所以造成了很多问题，这是实际现状。

——《千草·千鸟厅》，三彩出版

从这段话里可以看出，最能激发黑田先生工作欲望的木工活儿是制作椅子。为新皇居制作椅子是件非常光荣的事，但他没有为之满足。当我听到他说"那些不过是试作罢了"时，惊讶得说不出话来。黑田先生就是这样一位严谨克己之人，他相信工作永无止境。

他最早对做椅子产生兴趣，照例还是四十年前的事。昭和三年（1928），他还不到二十岁时，在《白桦》杂志上看到凡·高的画，为之感动，无论如何也想学着做一把画上的椅子。等他加入京都上贺茂民艺协团后，他马上试做了一把，但是不成功，这让他体会到做椅子并非易事。进入战争时期，他再也

191

没有机会制作这种较大的物品。椅子这种大型木工活儿，不一口气做到底是做不好的，他既没有时间，也没有钱。所幸的是，他没有被征兵，据说河井宽次郎被日本陆军命令制作过陶器手榴弹，黑田把身份登记在那间工厂里。第一天上班的路上，当他经过圆山公园时，听到宣告终战的警笛声，他对世事毫不关心，不明白发生了什么，晚上回家后听家人说，才知道战争终于结束了。

战后饥荒，他忙着四处寻找粮食，为了买米去了富山县，在那里结识了很多民艺运动方面的友人。当时栋方志功先生在富山乡下避难，他们两人的友谊渐渐加深。被战火烧成废墟的日本逐渐恢复了和平后，黑田再一次开始制作椅子。下订单的是京都的北村又左卫门，他是有名的吉野山主，所以椅子用了吉野杉木。黑田做出一把样品，但是被盖房木匠挑剔说，这么大一个东西放进去，房子要被压坏的，于是作罢。这是昭和二十六年（1951）前后的事情，他再次和椅子擦肩而过。

做家具是大工程，花费也高，仅说买木材，木匠本人也垫付不起。这时出现了一个订货人，便是电影导演黑泽明。黑泽在御殿场新建别墅，把别墅内的家具设计制作全部托付给了黑田先生。黑田借这个绝好机会去木曾山中寻找合适的木材。在中津川上游私有铁路终点站木曾附近的一个叫"付知"的村落里设有林野局的储木场，人们可以竞价购买木材，黑田先生正好有个徒弟有购买权，一切都进展得很顺利。

黑田先生和黑泽导演最初都想用榉木，但是预算高得惊人，于是改用了栎木。黑田先生进山顺利竞价买到了优质原木。原木放置一年时间干燥，制成板材之后再放置半年。他在山林里盖了临时工坊，动员了儿子、徒弟和美术学校的学生一起帮忙，并四处搜寻购买凿子、锯子等特殊工具。樵夫的村落里有少见的好工具，这让他很是欣喜。他前期准备花了一年，加工花了半年，终于用卡车把东西从木曾拉到了御殿场。黑田先生至今都记得那天早晨的富士山非常漂亮，可以想见他的心情有多爽朗。

　　椅子一共十二把，黑泽导演专用的一把非常大，人称"王位"。此外，还有桌子、柜子乃至搁脚凳，东西多得堆积如山。这一次的工作经验，为后来他给新皇居做家具打下了基础。为此，他对黑泽导演满怀谢意。

　　也许是太辛苦操劳了，这次工作结束后，黑田先生就病倒了，被误诊为胃癌。那段时间他特别憔悴，有一天我去看望他，他对我说了这样一段话：

　　"从付知村再向山里走，有一处灵泉，樵夫们在那儿泡温泉洗澡。温泉附近是伊势神宫的自家林场，林场里种着为二十年一次的迁宫准备的、非常高大的桧木，山林四周用绳子围着。我去时正是一个宁静的夏日傍晚，木材店的人在前面带路，在落日斜阳的照射下，一片令人眼前一亮的桧木林忽然出现在我眼前。

"桧木林出现得那么突然，美得让我说不出话来。所谓神山，就是这样的吧。树下的草都被打理得干干净净，与其说葱郁，不如说美得清净。那儿还不算深山，高大笔直的桧木沐浴在夕阳下，峥嵘地挺立入云……"

他是想形容那片桧木有多茁壮吧，"峥嵘"二字从他嘴里说出来是那么生动，我仿佛亲眼看到了浮现在夕照中的庄严景色。他劝我一定要亲眼去看，我会被如此值得一看的景色打动的，但至今我还没有机会去。

在黑田先生养病期间，高尾亮一发来了订单，请他为新皇居制作门把手。高尾是新皇居的营造部长，他是个缜密的人，很识货，眼光非常高。在建造皇太子御殿时，黑田先生也曾收到过邀请，但他那时忙得无暇分心，所以谢绝了。而这一次，他既有时间，材料也完全有保证，正当他因为疾病而灰心时，这样一个机会从天而降，让他一下子又有了干劲儿。可能黑田先生这样的工匠不干活儿的时候反而身体吃不消。此次工作在预定工期里进展得很顺利，他的疾病也渐渐痊愈。他松了一口气，想去国外旅行一次，他尤其想看看四十年来心头一直挂念的凡·高的椅子究竟是什么样的。但他生性不紧不慢，虽然有了旅行的想法，却一直没有动身。

这时高尾先生再次登场。黑田先生无意中和他说起想去外国休假，想看看外国家具，高尾听后双目放光，促膝相劝，希望黑田一定要去休假，回来后好给新皇居制作椅子。黑田先生听到此话后，反而不知该怎么办好了。

那时高尾先生正在为千草·千鸟厅的家具为难，那里原本预定要用法国制的家具，可是等到皇居建好，房间里挂的书法是安田靫彦的《万叶集》，挂的画是日本花鸟画，家具和装饰并不协调。高尾不知如何是好的时候，听到黑田先生想去国外旅行的想法，新皇居的椅子无意间有了着落，实在是意外之喜。就这样，黑田先生踏上了第一次国外旅行之路。

《民艺》杂志1967年9月号上刊登了关于这次旅行的文章，题目是《西班牙的白椅子》，详细记载了黑田先生从埃及到伊斯坦布尔、雅典、罗马、北欧的一路见闻。要说他此行的最大目的，还是去看凡·高的椅子。

当年《白桦》杂志向日本介绍印象派绘画，其中有一幅是凡·高的《卧室》和其他一些室内静物画。当时京都上贺茂的民艺协团成员里有很多凡·高的崇拜者，我也想照着他的画做一把椅子，谁都知道凡·高的画笔触粗犷有力，而且我看到的只是一张小照片，椅子究竟是什么材质的，细节如何，我根本看不清楚，只好用了京都北山的杉木，用稻草绳编了椅座，只能这么凑合了。

后来，滨田庄司[21]先生送给黑田一把凡·高画中出现的椅子，黑田得知这种椅子至今仍在生产，他在惊讶的同时，又重新燃起了兴趣。他之所以想去外国旅行，是滨田先生点的火，高尾先生扇的风。

他先是周游了中亚各国，到达西班牙时已是初夏。在西班牙，他对椅子进行了一番调查，得知制作椅子的是一个叫瓜迪克斯的偏僻村庄，距离格林纳达车程两个小时，再详细的就不知道了。他又听说格林纳达郊外也有椅子作坊，就先去拜访了那里。"四处盛开着五颜六色的鲜花，空气清新，景色优美，村民们聚集在一座似乎是教堂的建筑里，举行着什么仪式。"在牧歌般的风景当中，他在村中百姓家里，找到了制作白椅子的人。

所谓"白椅子"是西班牙语的直译，制作椅子的木材是白杨。在面积不到三十平方米的小作坊里，上了年纪的工匠在组装椅子，年轻人哼着歌编着草绳，草看着像是蒲草，所用工具也和日本的类似，不到十五分钟一把椅子就组装起来了。接下来，一名熟练工匠为他们演示了如何编织椅面，他一边拧着生草，一边整形，针脚大小和草绳粗细、紧绷程度都在现场调节。看着一把椅子从组装到完成，各方搭配顺畅如同流水作业，黑田先生很是感动。

但他还不满足，参观过后还是想去瓜迪克斯，亲眼把正宗的做法看个究竟。第二天早晨六点刚过，他乘坐运货的巴士出发了。巴士一路爬过陡坡，驶过山谷，经历两个半小时的颠簸，终于抵达了目的地。寂寥的深山风景让他莫名回想起日本木曾的山间小屋。瓜迪克斯的山是石灰岩山，村庄似乎是挖山而建的，四处点缀的农家看着像窑洞，十分新奇。

村里管事的人给他带路，所到之处比他昨天看到的作坊要宽敞很多，白杨木在庭院里堆积得高高的，几个工人正在干活儿。主人一家非常和善，大大方方地带着他四处参观，工坊里唯一可称得上是工具的，是一个截木用的圆锯。院子里开满鲜红的小花，狗在睡午觉，四处景色都很悠闲，黑田先生看得心里十分喜欢。都说西班牙的白椅子和中国华中的曲木椅并称现代木工的两座高峰，前几天我在黑田先生家看到了白椅子实物，坐上去比我想象中的还要舒服，标价只要二百七十日元，便宜得令人难以置信。

关于西班牙之行，我写了这么长，是想让读者感受一下黑田先生的好奇和认真。西班牙的白椅子是平民之物，无法与新皇居的座椅相提并论，但白椅子只有椅子的基础元素，没有多余的装饰，有种简单的美，我想黑田先生想确认的就是这种美。他回国后，马上住进飞驒深山，开始准备新皇居的工作。这是"避开了一切其他工作和杂务的紧张而忙碌的两年"，他感觉非常充实，充满自信地说："我试着分析研究了椅子这种家具的性格，椅子最大的特征在结构上，这次的作品堪称我的独创。"看来他这次意在创新，而且不是普通意义上的创新，更不是一时兴起式的构思，他的作品无声地证明了一切。

黑田先生说："无论是何种艺术作品，只要作品在世上存在一天，作者就必须宿命般地承担起责任，承受作品带来的褒贬，为之痛苦。我做完椅子已经过去三年时间，但我从未轻松过，从未从重负中解脱出来。"

工坊风景

我在前文写过，黑田先生的住所就是工坊的延伸。拉开起居室的门，里面就是他工作的地方，到处摆着工具，收拾得还算相对整齐，没有什么工作间的严肃气氛，小松鼠在墙角跳跃，猫在睡懒觉。

前几天我去他家时，正逢木材运到，他正用手斧砍树皮，左手扶着木材，右手轻握手斧，姿势很是放松，劲道却恰到好处，动作连贯，充满节奏感，一点儿较劲的感觉都没有。我问他所用的工具是否都是精心挑选过的，他的回答让我很意外：

"我过去很在意工具，但现在觉得真麻烦，手边有什么就用什么。倒是我儿子看不过去，人年轻的时候，都会有一段时间特别讲究工具。"

据说书圣弘法大师写字不挑毛笔，兼好法师也在《徒然草》中写过"名工用钝刀"，黑田先生不是故意选钝刀来用，而是顺应工具的脾性来用，钝刀也能用出好来。也许这就是顺势的境界，做不到顺势，是因为手艺还不够好。人和刀不协调同步，做不出好活儿来。

这个工作间主要用来做木材粗加工和组装。黑田先生的木工活儿是统揽全局，从头做到底的，即使他对工具再不讲究，这里也有从锯木头到盖房子、从做家具到做日用小物件的全套工具。过去民艺协团曾四处在民间收集粗糙破烂儿，他顺便买了很多工具，当时看到什么就买什么，以至于很多东西后来都不知道该怎么用。没人能指点他，他就自己琢磨着用，自然而然地摸到了门路。现在回想起那段时间，他说"我真正的师傅是工具"。人要听工具的，这个道理他也是在那时明白的。也许，对黑田先生来说，没有师傅手把手教实际上是万幸。

房间里有很多黑田先生的"师傅"。切河鱼的厨刀、劈竹篾的小刀、牙科医生的钻头、美国的手锯等，种类繁多。我看见一个江户巧匠"千代鹤"的作品，此人发明了带两层刀片的双刃刨，遇到木材逆纹时能派上大用场。黑田先生喜欢传统的单刃刨，不是他执意要用不方便的工具，而是单刃刨推出来的木头光泽更漂亮。双刃刨有一枚刀片帮着压住逆纹，而单刃刨则需要工匠自己用劲儿，劲道用到哪里，哪里就多承受一分重量，木头由此受到摩擦，光泽也更明显。

上一次我去拜访时，他正在雕一个烟灰盒盖。他手里忙着干活儿，也照旧和我该聊什么就聊什么。他生性不紧不慢，做事情慢条斯理，即便是专心工作，也是一种慢悠悠的"专心"。

雕刻这活儿首先得有勾线草稿，我以为他会使用尺子，没那回事！他直接用铅笔在木头上画了个粗稿，然后下刀，一口气雕出一个大体轮廓，刀从后往前使劲儿，借力再反手一刀雕回来，动作熟练到位。如果是特别精细的草稿，这种连贯的气息便会消失。

据说西方人不会"反手一刀"，看过这技术的人都为之感叹。黑田先生也感叹说："可见他们手有多不巧。"我觉得在日本人当中，黑田先生也是手特别巧的。大体轮廓雕好后，该细加工了，却不见他换工具。随着他下刀越来越精细、越来越小心，刀刃下出现了美丽的木纹。细加工持续大概三四十分钟，他动作连贯，可谓行云流水。我仿佛欣赏了一场舞蹈。我本以为他无论干什么活儿都要花很长时间，看来我想错了，用手做的工作他速度非常快。这种活儿必须快，不然做不出一气呵成之感。他下刀几乎没有犹豫，因为如果过分小心谨慎，雕刻的力量就会减弱。就像每种活儿都有专用工具一样，黑田先生做不同的工作也有不同的效率，该怎么做，他分得清清楚楚，胸有成竹。

隔壁是他大儿子的专用工作间。助手和徒弟也出出进进，两个房间基本上打通成一间，没什么严格区分，两间加在一起将近三十平方米的样子，称不上宽敞。从很陡的楼梯上到二楼，也是同样的房间配置，主要用来做漆器。

漆怕的是灰尘和外界空气，所以屋门总是紧闭着，里面打扫得非常干净。前文提过多次，漆的干燥需要保持湿度和温度，所以做漆的房间内放了三个柜子，这些柜子的专业用语叫作"室"。乍一看是柜子，其实内部结构比较特殊，按照用途分为"打底室""上涂室"和放置小物件用的"手室"三种。不同的柜子，使用的增湿方法也不同，有的使用喷雾器，有的放浸了水的棉布。黑田先生认为用嘴喷水效果最好。柜子完成加湿后，放进待干的漆器，关上柜门，漆会慢慢自干。总之，这些柜子的设计正好利用了漆遇湿则干的习性。

在三个柜子里，"上涂室"最费心思。所谓"上涂"，指的是最后一道漆，漆的质地很厚重，容易沉积起皱。为了防止起皱，漆器要卡在一个棒状凸起上，一边旋转，一边干燥，这种手法叫作"手返"。最开始每隔五至十分钟一次，随着干燥间隔拉长，大约四个小时后，就能看出大体的干燥均匀程度。这时最需要小心，一个分寸没把握好，漆可能就干不了，永远是黏糊糊的。而且漆几乎不可溶解，一旦失败，费尽力气做好的东西就彻底成了废品，即使是有几十年经验的工匠，偶尔也会失败。在我看来，漆是一种越打交道就越理解不透的东西，很任性，不好取悦。

漆最怕尘埃。会津一带有种"会津海上漆"，工匠坐着船出海，裸着身子在海上做漆。石川县的轮岛漆器则是在封闭的无尘室内做成的。尤其是最后一道漆"上涂"，干燥之前需要特别小心。据说过去的上涂师干活儿时必须一丝不挂，没有一升酒量的人干不了。密闭房间里即使盛夏也要生火，人在里面要忍受高湿和缺氧，没有超人的体力也不行。

涂漆时要使用木刮刀和刷子。比如说调配朱漆，熟漆里加入硫化汞，就会变成颜色鲜艳的朱漆。调漆的木片叫作"常磐"，黑田先生的常磐已经用了很多年，像调色板一样，泛着黑亮光泽的木片上的朱漆鲜艳夺目，非常美。除了黑漆，无论是朱漆、砖红色漆还是青漆都统称"色漆"，都可在常磐上调合。只有黑漆要经专门的漆匠之手，因为很难调和。

对漆师来说，刷子是命根子。古时候漆师只要带着刀和刷子，到哪儿都能讨生活。直到近代的大正初年（1912），日本全国的漆师中还存在着同业会组织，只要把刀和刷子亮给东家师傅看，东家就会二话不说地给漆师指派合适的活儿。黑田先生家过去也雇过这种行脚漆匠，他们只要身边有个刷子箱，就觉得"走到哪儿老天爷都会给口饭吃"，底气十足。这种生活习惯听上去像是古代游民，但也自有好处，无论他们漂泊到何方，都能得到东家师傅的关照，还可以学到新技术。漆师行和很多手艺行当一样，有所谓的拜师学徒制度，可谓"人到七十岁也还是学徒，五六十岁还是黄口小儿"，听上去仿佛一辈子没有出头之日，但换个角度想，就算是寄居在别人门下，也有不操心就能吃上饭的实惠。与此相比，黑田先生觉得现代的天才式教育很窘迫，年轻工匠到哪里都没有东家师傅关照，在学校又学不到最基础的技术，毕业后连刷子都不会做。为此，黑田先生觉得现代的年轻工匠特别值得同情。可能现实并不像他说的这样，但他的话从亲身体验而来，所以也说得通。现代人轻易地批评技术水准的下降，当我听过黑田先生的这番话，又觉得责任并不全在年轻一代工匠身上。

刷子尺寸有大有小，和一般刷子不同的是，上漆用的刷子毛从顶端直通到把手底部。据说"赤毛"刷最好。黑田先生介绍说，所谓赤毛，指的是暴露在海水潮气里的渔民的头发，不带油分，柔软程度恰到好处。根据用法不同，还有"女毛""马毛"和一种专门刷亚光糙面漆的"白毛"。漆变硬的速度很快，所以刷子清洁起来很麻烦。上漆前后，都必须先理顺刷子，稍微偷懒都会导致功亏一篑。用完后得小心地去掉漆，把刷子浸泡在植物油里，再次使用之前，要先甩掉油，再用木刮刀把剩余的油分压挤干净。这种木刮刀叫作厚壳刮刀，因为用材以厚壳木为上，故而得名。给漆器打底时也要用到刮刀，所以木刮刀在漆器工具里的重要程度仅次于刷子。

漆师的刀是一尺长的单面开刃刀，看上去非常帅气，主要用来清理刷子和刮刀。刮刀几乎每天都会碰伤，所以每日开工前要用刀切去破损的地方，刷子不会那么频繁地损坏，当然也要看具体怎么用。当刷毛秃了或者变得参差不齐了，就用刀切整齐，调整成适当的长度，所以刷子毛会从顶端一直通到把手底部。时间长了，刷毛会变短，只要接上新把手，就可以继续使用。用惯了的刷子千金难买，每当看到这样的刷子，我都能体会到"刷子是命根子"这句话丝毫不夸张。刀还可以当刻刀用，能剔漆也能削干漆，所以对漆师来说，刷子、木刮刀和刀是三种不可或缺的宝物。

即使是对工具不讲究的黑田先生，唯独刷子会挑选最上等的。他用的刷子，是桃山时代著名画师尾形光琳手下一个叫道甫的描金莳绘师用过的，黑田先生从道甫的后裔手里得来。这把刷子历经四百年，已经短到只有三寸左右，但它优美的形态和顺手好用的质感，即使是外行也能认同，刷子浸饱了漆的感觉实在是韵味深远。

"用这把刷子时我的手自己会动，不用我上心，漆就自然而然地上好了。"黑田先生笑眯眯地说。

什么叫作"人听工具的话"？这就是了。漆师干活儿时，时常需要用牙齿叼住刷子，被牙咬过慢慢减损的地方，用麻布填充，上面再覆上一层漆，仿佛年轮，表达了一代代使用者对工具的珍惜之情。

镶嵌螺钿也是在二楼工作间进行的。关于螺钿，我在前文写过，需要用指甲把细碎的贝片逐一推进漆里，费时费力，我在旁边看着都觉得麻烦。螺钿埋进漆里之后还需要打磨，打磨也分几步，粗磨之后是中磨，中磨之后要用细磨石或水磨纸研磨，用木炭打磨光滑后，最后用鹿角粉再磨一遍。磨好后与之前相比简直判若两物，变得非常有光泽，漆变成透亮的蜡色。我在前文写过，蜡色漆亮如玻璃，再配以螺钿，两者光泽相互反射，美得锦上添花。

要说黑田先生的漆艺作品，不能不提夹苎干漆。夹苎干漆是天平时代就已存在的手法，黑田先生的干漆用黏土做胎，覆以旧蚊帐或麻布，再涂漆，最后加以研磨。如此反复五次，漆变得硬挺结实，进程中还会用麦漆填补以增加强韧度。不用说，每上一层漆就需要干燥一次。漆在这里不仅是涂料，也是黏合剂，干漆手法充分发挥了漆的特性。最后用水浸泡，黏土化开会出现空洞，由此做出的漆器非常轻盈。分量虽轻，却不会变形走样，看似一般的漆器，拿在手里才知道是干漆作品。

如果在干漆上镶嵌螺钿，螺钿要镶嵌在黏土原型上，之后再用前述方法加工，黏土遇水脱落后，螺钿会原封不动地留在漆的内侧。

关于干漆，我听黑田先生讲过一件很有意思的故事。他听早逝的大哥说，中国有种干漆，用的是透明漆，迎着亮光能看到里面的纹样。朝鲜半岛有种非常透亮的龟甲装饰品，能看到内部的纹理，中国的干漆与这种龟甲的透亮程度相似。有一次，他和三井高遂先生说起这个话题，三井请黑田先生给他做一个，黑田先生也跃跃欲试，但随后战争爆发了，东西没能做成。黑田先生对梦想中的干漆一直念念不忘，时常提起。但说归说，他迟迟没有动手，因为这种干漆需要把透明漆重叠几百次，非常考验工匠的手艺，不耗费大量时间根本做不出来。之前我请黑田先生制作的"朱溜碗"，漆层之下能看到金箔做成的我家的家纹。虽然无法和干漆相提并论，但如果此碗是透明干漆做成的，该是怎样一种幽玄风姿啊。

黑田先生的梦还不止这些，就像他说的，新皇居的椅子不过是练手之作，将来创作出日本家具的决定性版本才是他的远大抱负。也许这不是一两代人能完成的事，但心怀抱负是件美好的事。从这个层面来说，黑田先生是一位永远的青年。在和他的相处中，我想起世阿弥的话"人命有终，而能剧永无止境"，此话不是在说艺术是永远的，而是在感叹对技艺的追求应该永无止境。世阿弥还说过"除了无为，也别无他法"，人进入老龄后，应当万事谨慎谦让，"老木之花"美在枯雅。不是我要扫黑田先生的兴，今后消耗体力的大东西还是交给年轻人去做，我希望他多做一些只有他才能做出味道的精细的小东西，比如现在说的干漆、漆绘和竹制小物。我还希望他长寿。虽然对他这样遍尝人世滋味的长者来说，我的这些心愿显得渺小而无知，但的确是我的一片真心。

1972 年

注　释

1　黑田辰秋（1904—1982），日本漆艺家，日本第一位被国家认定为重要无形文化财产保持者的木工艺家。

2　志贺直哉（1883—1971），日本作家，白桦派代表人物。

3　茶枣，枣形茶罐。

4　万叶，指的是日本古代诗集《万叶集》编纂成书的时代，约为8世纪下半叶。

5　河井宽次郎（1890—1966），日本陶艺家，兼通造型设计、雕刻、书法、写作，日本民艺运动倡导者之一，晚年请辞了政府的勋章褒奖和"人间国宝"称号，以普通陶艺家身份终老。

6　富本宪吉（1886—1963），日本陶艺家，"人间国宝"称号、文化勋章获得者。

7　木喰佛像，木喰上人雕刻的佛像线条极其大胆简练，圆脸、嘴角弯弯、满面笑容，风格质朴温暖。

8　中村直胜（1890—1976），日本历史学家。

9　大原总一郎（1909—1968），日本纺织与化工巨头仓敷纺织企业家。

10　伯纳德·利奇（Bernard Leach，1887—1979），英国陶艺家，少年时代曾在日本居住，青年时代在英国学习美术，20世纪初到第二次世界大战前期在日本定居，开始陶艺家生涯，作品风格兼具西方与东方之美，主张实用，产生了世界性的影响。

11　武原畔（1903—1998），年少时曾在京都当过艺妓，后成为日本舞踏家，与众多日本昭和文化人士有深交。

12　井户茶碗，朝鲜半岛的高丽茶碗，造型粗朴，深受日本茶人的推崇。

13　民艺运动的宗旨是在手工制作的日常生活用品中寻找美，按照此宗旨，户隐竹编之美正是民艺推崇的东西。但是，民艺在现代语境里还有"当作旅游纪念品的民间工艺品"的意思，所以电视上会这样说。

14　漆因湿而干，指的是在漆酶的催化氧化作用下，促进漆酚的氧化聚合，从而形成干固的膜。

15　片口，杯沿上开一个小口，可以安全地倾倒液体的器物。在日本片口可以用于盛水、调料或者清酒。

16　柿涩液，即涩柿压碎发酵后得来的液体，含有大量柿单宁，有防腐、防水，以及让素材变得更牢固的功效。

17　栃，日语里橡木的名称。

18　指日本南北两朝相对峙的时代（1336—1392），史称"一天二帝南北京"。

19　后醍醐天皇（1288—1339），日本第九十六代天皇。1333 年，镰仓幕府灭亡。后醍醐天皇推行"建武新政"，因政策激进导致失败，1336 年，足利尊氏背叛后醍醐天皇，拥立光明天皇建立北朝，后醍醐天皇则流亡至吉野开设南朝。

20　笠塔婆，塔婆即塔，笠塔婆即斗笠形佛塔。

21　滨田庄司（1894—1978），日本民艺运动代表人之一，继柳宗悦之后任日本民艺馆馆长，日本"民艺陶器无形文化财产保持者"，推动了日本陶艺的现代化。

坡
路
风
景

我出生在东京都麹町区¹永田町一丁目十七番地。现在，那里盖起了 IBM 大厦，旁边是日本自民党本部大楼。如果坐市营电车，要在平河町站下车。

在第二次世界大战之前，从赤坂见附到英国大使馆一路上种着樱花树，老树成行，春天花开时景色蔚为壮观。我家门前通往天皇御邸的方向是一个坡道，长久以来，我一直把那个坡道误叫成"三宅坂"。我最近才知道，从半藏门到樱田门的长坡才是三宅坂。听说在德川幕府时代，我家这一带多是武士大宅，小巷弯曲；明治时代有了电车，小巷被改造成宽阔的直路；而现在那里穿行着高速公路，已经无人居住了。我小时候那一带到处是大宅院，行人稀少，四下寂静，除了偶尔通过的市营电车声，再也没有其他声响。

从赤坂见附到平河町的上坡路，叫作"富士见坂"，这是我后来才知道的。那时坡路两旁已经盖满了房子，我不记得在坡路上看见过富士山。从九段到本乡的另外一条"富士见坂"也已经远眺不到富士灵峰。顺便提一句，据说东京都内有十八条叫"富士见坂"的坡路，可见过去江户人为能看到富士山而

209

高兴，以至于"看见富士山"成了一个日常生活的指标。

我在永田町的家是一座厚重结实的英式房屋，房子由英国设计师约西亚·肯德尔设计。后来我家搬到大矶，房子转让给了三菱的串田万藏²先生。那幢房子抵抗住了关东大地震，没有倒下，却无法抵抗第二次世界大战的战火，在美国空袭中被烧塌了。

那时学习院³也在永田町，离我家只有步行两三分钟的距离，面对着从平河町拐向霞之关的坡路。母亲、姐姐和我自己都是在学习院上的学。明治时代中期，我母亲每天坐着人力车上学，校服是振袖配着绯红袴。在我三岁时，学习院发生火灾，听说学习院着火了，大家纷纷去围观。记得那是一个无风的下午，浓密的黑烟笔直地飘向天空，我和母亲、姐姐以及家中随从站在一起，无措地观看灭火进展，仿佛看了一场皮影戏。

我就读的幼儿园位于四谷，归在现在的学习院初等科里，那时初等科的房子正在新建。我每天坐着外壕线电车去上学，有时也沿着纪国坂步行往返。升小学时，家里人买了自行车给我做礼物，我常常骑着自行车从赤坂离宫到弁庆桥一路不捏闸地俯冲下去，到了富士见坂再转向上坡。当时行人稀少，我才能享受这种冒险。纪国坂现在也是一个缓坡，路上有很多树，景色和过去相比没有什么大变化。人的记忆是不准确的，所以我说的也未必对。现在再从弁庆桥到大久保利通⁴遇刺身亡的清水谷公园一带散步的话，一路上水色晦暗的护城河和树影里依稀还残留着旧日景色，有时我走在那里，不由得感觉自己回到了过去。

我上到小学三年级，学习院从平河町搬到了青山。那一带过去曾是青山练兵场，一片平地，什么也没有。尽管去青山上学的路比以前远了，按市营电车站算的话，只增加了两站。春天樱花盛开的时候，我常常走路上学。现在赤坂见附三得利大厦路口，曾有过老字号糕点铺"木村屋"的铺子，我在那里买过果酱面包和豆馅面包；从木村屋往丰川稻荷神社方向走，隔着四五家店铺，有一个叫"松叶团子"的点心店，我记得这家味道非常好。我并不是一个喜欢怀旧的人，也不擅长怀旧，但是如果和吃的有关，我是忘不了的，可能我骨子里是个爱吃的人吧。

新建的学习院所在的青山，那时地如其名，是一片茫茫的荒草原，只长着一棵大树，人称"威风大树"。我每天都要绕远去那儿抓蚂蚱，玩得不亦乐乎。下雪后，四下一片纯白，我们踩着第一个人踩出的脚印往前走，仿佛来到了滑雪场。那时还不流行滑雪，我们经常玩的是打雪仗和堆雪人。我十四岁时转去美国留学，四年后回到东京，那一带已经完全不一样了，出现了整齐的大路，种了很多树，成了名副其实的气派"外苑"。但谈起学校，我眼前仍浮现出那一片蚂蚱跳来跳去的荒凉草野，这番景色就像故乡一样，勾起我心中的怀恋之情。"威风大树"现在很多地方也有，翻过字典才知道，之所以叫这个名字，是因为巨树如有神威，人们不敢开口直接称呼。叫这个名字的神木在各地树种各有不同，东京外苑的这棵是流苏树，对于不懂植物的我来说，它依旧是"威风大树"。五十年过去了，这棵树一定长成了参天巨木，但我还是不知道它最初是哪座神社里的神树。

关东大地震发生时，我正在御殿场的别墅里，就像我前文写过的，永田町的家虽然完好无损，东京城内却混乱至极，学校长期停课，我和家人在沼津和静冈一带辗转居住。在我的记忆里，大地震后东京山手一带的高地损失并不大，而位于低处的下町一带状况非常凄惨。我在秋天回到东京，参拜了被服厂[5]和回向院[6]，看到那里的泥土是深黑色的，仿佛浸满了尸体的油和汗。那时我还小，眼前情景之悲惨难以名状，我很难过，当时心想再也不愿见到这种景象。我做梦都没想到二十年后，东京要再一次毁于战火。但是，东京再一次重生了，我们之所以还能看到今日的繁荣，一定是东京这座城市有着不死鸟般的生命力，今后无论它还将遭遇怎样的不幸，我都坚信它会重生，我想带着这份坚信活下去。

我从上小学前就开始学习能剧，每周一次去厩桥的梅若先生处上课。那座舞台后来毁于地震，梅若家暂时搬到涩谷道玄坂附近，由此我放学后去他家更方便了，于是没事儿就去，待着不想走。梅若家有和我年纪相仿的孩子，排练结束后，我们结伴去涩谷玩，那是当时让我觉得特别愉快的事。关东大地震后，涩谷一带最先繁华热闹起来的是道玄坂，去到那里，就仿佛在一个处于漫长黑暗的世界里忽然看到了鲜花盛开。没过多久，梅若家返回厩桥，重建了舞台，那舞台后来也被战火焚毁了。在我小时候手把手教过我的实先生和六郎先生，现在也离开了人世。

过去我没觉得浅草和上野离得远，现在去得少了，因为我上了年纪，而且交通处处拥堵，我在银座附近走走就好。银座我从小就熟，下了三宅坂的坡路，走过参谋本部，沿着皇居护城河出了樱田门，就看到了日比谷。虽然车流汹涌，护城河的景色和过去几乎一样。如果从霞之关那条路走，花同样时间也能走到银座，但这条路变化巨大，走在路上，我时常不知道自己身在何处。

现在的日本国会议事堂一带曾是成片的武士宅邸，中间夹着外国大使馆和日本政府大楼，通往虎之门的下坡路上，过去曾有华族会馆和东京俱乐部。华族会馆最初建在帝国饭店旁边，不知何时搬到了霞之关，现在改名叫作霞会馆，搬进了霞之关大厦。东京俱乐部是一座红砖建造的古典风格建筑，模仿英国，是专供男士的俱乐部，一年里唯有一天女性也可进入。父亲带我进去过，我记得每个房间里都摆着大桌子和皮沙发，弥漫着雪茄烟的气息，那种镇定沉着的气氛和高雅的格调让我至今难忘。虽说那是一种明治时代西洋崇拜的遗韵，但在把俱乐部简称为"吧"的今天，这种正统俱乐部恐怕是再也不会出现了。那时每日聚在俱乐部的会员们与其说是英国风格的绅士，更像是日本最后的武士。

虎之门三年坂坡下，曾有一家东京女学馆。那也是一座古风建筑，出入其中的女学生们衣着做派十分华丽，和古风建筑的气质截然不同，小时候的我特别羡慕她们。学习院规矩很多，不允许学生打扮得很漂亮。从那里去溜池和赤坂见附的路上，有叫葵坂和葵桥的地方，有一处电影院叫"葵馆"，当时我喜欢的鲁道夫·瓦伦蒂诺、玛丽·毕克馥等人主演的电影大多是在那里看的。那还是无声电影的时代，电影院的解说员总能把剧情讲得特别生动。

那时我家经常四处旅行，但东京站我们去得不多，多从新桥站上车。我的祖父母早早搬去大矶的别墅，我直到结婚前也一直住在大矶，所以对新桥并不太熟。我记得新桥站前的小巷里有很多小饭馆，新富寿司、小川轩、卖天妇罗的汐屋，此外还有一些江户料理店。抱歉又说到吃了，我觉得比起一流料亭，还是小饭馆更有人情味儿，到现在我依然喜欢。新富寿司的招牌就是老板身上的江户做派，卖天妇罗的汐屋老板有大阪人的脾气，两家的老板都是很有意思的人，但是两家店生意太好，以至于走了下坡路，只有小川轩后来搬到了涩谷一带的并木桥，子承父业，把生意做得有声有色。

从新桥拐上银座大道，很快就能看到劝业场。劝业场可谓是现代百货店的前身，我第一次去那里时才三四岁，明晃晃的灯光下货品琳琅满目，那种情景像是在梦中。我为数不多记得很清楚的是卖水果的千匹屋，以及它前面卖外国杂货的二叶屋。二叶屋里有时能找到有趣的小玩意儿，但老板开店只为满足自己的兴趣，所以很快就倒闭了。时间过了五六十年，虽说兴衰成败乃人间常事，至今尚存的旧日商店也只有千匹屋一家了，说起来真寂寞。

话题直接穿越到日本桥三越百货店，我还记得那时店里铺着榻榻米，穿着木屐或草履的顾客进门前要脱鞋，穿着西式皮鞋的顾客要套上店里备的上有白线的红褐色天鹅绒鞋套，我去那里时总是让负责看鞋的人帮我套上。三越门前的石狮子是不是那时就已经有了，如今还在不在，我记不太清了，留在小孩子记忆里的往往都是些奇妙的东西。我很认生，是个怪脾气的小孩，不喜欢人多的地方，不喜欢去庙会，也不爱和大人逛百货店。我喜欢一个人看书，喜欢散步，这点很像我那喜欢爬山的父亲。

小时候我家有几驾马车，还有两匹马，大门前的厢房里住着御者和马工。我很喜欢在那里玩，他们有时会让我骑在马上，带着我从赤坂见附到三宅坂走个来回。第一次世界大战之后，家里买了汽车，马车御者变身成为司机，马工成了随从。和马告别让我很是伤心了一阵子。尽管汽车爬坡容易多了，却没有骑马驰骋的爽快感，就是在那时，我第一次体会到了机械有多么方便，又有多么无趣。

文章一路写下来，我才发现自己的童年生活几乎和坡路连在一起。一出家门，眼前便是坡。东京人说"山手有坡，下町有桥"，对于住在山手的人来说，上下坡是常事。人生也如此，有上坡，有下坡，只是等我长大后才对此深有体会。

1979 年

注 释

1　麹町区，东京都旧区，于 1947 年废止，与神田区合并成为现在的千代田区，位于东京都最中心地带。

2　串田万藏（1867—1939），日本银行家，曾任三菱银行会长。

3　学习院，学习院作为华族子弟教育机构，于 1876 年由华族会馆着手创立。学习院采取男女分隔教学制度，分别设置了男子小学科、女子小学科和男子中学科。

4　大久保利通（1830—1878），日本政治家，明治维新元勋。

5　被服厂，原陆军被服厂，关东大地震发生后，市民集中到被服厂避难，火势蔓延到被服厂后，人们无处可逃。关东大地震遇难总人数六万六千余人中，绝大部分死于火灾，而死于被服厂的有三万八千多人，约占火灾遇难人数的一半。

6　回向院，位于东京下町的两国，这里有明历大火十万遇难者万人冢、安政大地震遇难者等死难者的慰灵碑。

我的茶

　　我没有学过茶道，但喜欢喝茶，也不讨厌茶室里的气氛，岂止是不讨厌，我觉得小小的茶室里凝聚了日本文化的精粹。但我厌烦茶会上的人情来往，受不了那种虚假的客套。兼好法师在《徒然草》中写道："人依附于一物，亦会毁于其上。"君子被仁义道德所束缚，僧人受限于佛法，书家被笔画框住，茶道的人情往来之于茶人也是同样的道理。换句话说，一种理念落于形式，逐渐被技能化，便是堕落的开始。我想茶道的初衷并不是现在这副样子。

　　究竟是哪副样子？一句话概括就是耽于人际交往。我说了自己不喜欢烦琐的人情交际，再多说可能有点儿荒唐。我想人情交际之所以烦琐，也许是因为人们试图在狭小的茶室里创造一个完美的世界。茶室就像一个人的内心，需要容纳他人，不需要虚假的客套，如何待客要因人因时而异，所用的茶具也要视客做调整，这些道理人人都明白。但到了鉴赏茶具的环节，明明自己不感兴趣，还非得口头上虚伪奉承一番，这种做派让人难以接受。

　　茶道有句话叫"一期一会"，说的是待客时要把此次聚会当作一生中唯一的一次来珍重。仔细想想，人生如蜉蝣般短暂，"现在"这个瞬间永不会重来，必须珍重。这个人人都懂的道理，我直到上了年纪才真正明白。茶会的客人未必一定是人，比如我看着樱花，想着也许明年就看不到了，就会觉得眼前樱花如同初见，美得那么鲜活生动。再如在古董店看到了自己喜欢的陶瓷，想着此次错过就再没有机会见到，即使没钱也会不顾一切地买下来，是花器就插上花，是茶碗就斟上茶，这种瞬间的幸福，就像实现了夙愿。我的茶观就是这样细碎平淡，无法在茶道世界里通用。

我家的房子是农民旧宅改建的，房间里有个大围炉，因为没有茶釜，于是在炉上架着铁瓶，虽然还谈不上在松涛阵阵里听沸水汩汩的境界，但多少能体会一点儿风过杂木林的情趣。每当我写不下去稿子，就坐到炉边喝一杯茶，虽然未必能得到什么灵感，但茶能清净各色烦躁，对我来说是镇静剂，不是什么高雅的情趣。我穿着皱巴巴的喇叭裤的样子，离侘寂境界有十万八千里。如今到处是环境污染和社会运动，每天的生活都不安稳，在这种气氛下，我忽然明白了为什么茶道能兴盛于战国时代的乱世里。人面临死的威胁，自然就会迷恋生的享受。那些光在嘴上叫着害怕，实际上什么也不做的人，其实心里没有真的恐惧。

在我看来，所谓一期一会，是通过茶最终认识自我。人生只有一次，让自己幸福起来是人活着的本分，也是责任。让别人不幸，而自己独自幸福是不可能的，这个道理无须我多说。

茶的甘醇滋味，让我明白了很多道理。

茶碗的手感也一样，它们从遥远的往昔穿越到现在，把这些道理传达给了我。

此时我桌上有一株山茶花，今夜茶事的来客，是诸位读者。

1974 年

被自己养的狗咬了手

　　我祖父、父亲和哥哥都喜欢狩猎，所以我小时候家里就一直养着狗。比如英国塞特犬，最多的时候同时养了十二三只。有的狗跟我性格相合，有的就不行。黏人的宠物狗我就不喜欢。我长大以后养过德国牧羊犬，后来上了年纪，体力衰退，前几年换成了养柴犬。这是我第一次养日本犬，养了才知道，日本犬和洋犬根本不一样。

　　首先，日本犬很倔。别看身体小，却有着武士般的傲气。这只柴犬才一个月大就被我带回了家，所以它和我很亲，但不喜欢别人逗它。不过它也不是完全不爱理人，相对来说它喜欢客人，一看见有客人来就摇着尾巴凑过去，据说这是从气味上鉴定来客，并不是真的对人家感兴趣。别人一摸它，它就生气地冲人家吼，但是从没咬过人。它喜欢干净，从没在自己的小窝里撒过尿，我一直以为它是一只听话的小狗。

　　但是有一天，我家来了一位女亲戚，它照例奔了过去。虽然我说着"别逗它"，但亲戚不听，一边说着"我不怕狗的，没关系，好可爱，好乖呀"，一边去抱狗。不用说，狗怒了，龇牙就要咬，我慌忙拽住颈圈把它拉开，但为时已晚，它一口咬到了我的手腕。

我惊呆了，它也惊呆了，脸都绿了（狗的脸色确实会变的），怔在那里。我的血涌出来，地板上一片血红。我一看不行，马上飞奔去找了附近的医生，缝了十几针，打了狂犬疫苗才回家。

那之后的状况才是大问题呢。狗一下子变蔫了，饭也不吃了，斜着眼瞄我手腕上的绷带，一副垂头丧气的样子。该被哄的应该是我啊，我还得反过来拼命找它说话，带它散步，慢慢地，它才稍微好转。等它完全恢复精神，足足花了一个多月的时间。直到现在，如果我抬起手腕问它：“你说，这是谁咬的？”它仍会愧疚地低下头，那样子特别可爱。我想多逗它几次，看它可怜巴巴的样子，只好忍住了。

我和同样养日本犬的朋友说起被咬的事，大家都一脸很有经验的样子，异口同声说：“这才算入门了！”据说日本犬打架时，如果人强行去拉劝，肯定要挨咬。这种事在洋犬身上不会发生，日本犬则不行，日本有句俗话就叫“被自己养的狗咬了手”。

我在六月的杂志上看到东京大学饭田真先生的文章，说从精神医学角度看，狗有躁郁症。有种说法是狗像主人，这么说来我好像确实也有一点儿。就写到这里吧，剩下的就交给读者去想象吧。

1980 年

水上勉先生在 *Mrs.* 杂志上连载《吃土的日子》时，我也写过短随笔。现在我视力下降，看不了很多书，但先生的连载我期期不落地看了，因为我对标题里的"吃土"很有兴趣。文章主要记载了他在轻井泽的独居生活，我原本就知道水上先生特别享受这段生活，所以想看看他是怎么写的。现在连载结集成书，我读过才知道原来漏看了很多地方，也许是杂志和书内容不一样，但终归是我读得不仔细。

书的副标题是"我的十二个月精进斋戒"，内容便如副标题所示，讲的是他如何用有限的食材做出好吃的素菜，花了怎样的心思，得到了哪些乐趣和享受。表面看是本美食书，实则不然，文章好看，模仿却难。换句话说，这不是现在流行的手把手教做菜的书，比如他写道：

> 从什么都没有的厨房里挤出东西来就是"精进斋戒"。这句话是说，过去人们先看地里长着什么，才能决定做什么菜。而现今时代不一样了，只要去商店什么都能买到。对我来说，所谓"精进料理"就是吃土。所谓的吃时鲜，

其实就是吃土，地里长着什么菜，就吃什么菜，故而精进料理总是鲜灵灵的……

这些心得来自水上先生小时候在禅寺里的实际体验，书名《吃土的日子》也由此而来。我读着这本书，想起战争期间的回忆。那时我们确实没什么吃的，也没有现代的保鲜手段，弄到手的蔬菜上还带着泥土味，每一样食物都十分珍贵，吃的时候都要感谢上天。没有经历过战争的当代年轻人，无法体会这种喜悦也在所难免，就连经历过战争的我们，也渐渐地忘干净了。水上先生把这种喜悦分享给不知道的人，让忘了的人重拾记忆。为了让众人变得盲目的知味之眼复明，他花了十二个月的时间，向我们演示了心思和功夫，即如何用少量食材做出美味的精进料理。"精进"的不是饭菜的滋味，而是用心。

一位禅寺老僧曾这样描述他自己的体验：

眼前有竹笋，我就会变成竹笋；有松茸，我就是松茸；有马铃薯，我就是马铃薯……我在摸透了它们的脾气的同时，也知道了它们不能单独成菜，必须融合在一起，变成一种滋味。

如果把这些蔬菜置换成人，竹笋是A先生，松茸是B先生，马铃薯是C先生，这段话表现的就不仅是世人之间的交际来往，也是人生的道理。可以说，在这本书里，水上先生说的不是精进料理的事，至少文章的写法并不像教人做菜。食物是人不可或缺的东西，但为什么有人会马虎对待食物？为什么与食物打交道不像与人交往那样用心？这本书说的是做菜之前的心态问题，食材在这里被用作了禅宗公案。

所以，想从这本书里学做菜技巧是学不到的，不过读者能从中得到更丰富的精神食粮，可以运用在人生的各种境况里。最重要的是你要亲自实践，马上开始行动。睁开眼睛，你会发现眼前充满各种食材，它们在等着你。我想也许水上先生真正想表达的，就是这样一种觉醒。

1979 年

谷口吉郎《浅溪日记》

　　建筑家谷口吉郎先生去世一周年时，他的家人送给我一本他的著书《浅溪日记》。他的长子为书写了后记，记载谷口先生在病床上还在为长久没能得到解决的问题奋笔疾书。谷口先生生前就以好文笔闻名，对他这样功成名就的建筑家来说，写随笔文章不过是闲暇余技，但他的文章一字一句都认真，能让人从中感受到他的诚恳。读着读着，我不禁悲从中来，他的离世多么令人惋惜。看看目录上的《战争的足音》《战争前夜》等标题就能知道，这不是一本新书，文字却给人留下非常新鲜的印象，就像书名《浅溪日记》一样，文字里有一种早春的清新气息。

　　比如在《莫奈和睡莲》一篇中，他写到自己去巴黎橘园美术馆看莫奈的壁画，看到随着时间推移不停变化的画面，于是想起了日本的长绘卷，想起了京都修学院的巡游式庭院。再比如在《月光下的马特洪峰》一篇中，他想着葛饰北斋的《赤富士》，想看落日下的马特洪峰，但是未能如愿，却见到在月光下闪着银色光辉的马特洪峰，气象庄严，让他想起了哥特式建筑的原点。他被山峰难以言喻的魅力所吸引，第二天独自攀登到马特洪峰，觉得鞋子碍脚，就裸足踩上山岩，直接感受脚下的岩石肌理，这种举动就很"日本人"，很有意思。不知不觉气温下降，周围的雪越积越深，就在他开始心虚的时候，他看见道旁野草中绽放着清秀的小花，这让他想起一首古歌，"他人只待花开，我欲引他入深山，寻找雪间萌草之春意。"身在马特洪峰的雄伟怀抱里，口中吟出日本古歌，可见谷口先生性情温雅，也可见他对日本历史的爱有多深。读着他的《浅溪日记》，我不禁感慨。

去年春天，一些朋友相继去世，连续的葬礼让我身心疲惫。在此当中，是谷口先生的葬礼给了我些许慰藉。亲属遵照他的遗愿，把葬礼办得非常优美。现在葬礼大多谢绝来宾给故人上供品，如果宾客执意要送，亲属们也不会拂人好意。谷口先生的葬礼谢绝了鲜花等供品，简素的祭台上只摆放着遗像、骨灰和一个插着一枝白梅的信乐烧大花罐，此外再无装饰。如此简洁而淡美的布置，显示了先生的品位，也显示出他的家人充分继承领会了他的所思所好。他留下遗言不需要和尚诵经，葬礼仪式也只需邀请至亲好友。我想尊重遗愿是遗属对故人最真心的悼念。

现在一年过去，没想到收到了他家人寄给我的《浅溪日记》，我再一次想起谷口先生的谈笑话音，想起他葬礼上的清美光景。挚爱樱花的西行法师在"二月满月下"走完了一生，寻找雪间萌草之春意的谷口先生在梅花将衰时逝去。人和自然之间有种不可思议的因缘。如今我家梅花正盛开，蜂斗菜的花梗、杉菜等春草也从泥土中冒出头来，我已无法再次见到谷口先生的温颜，但在早春气息中，我深深地感到先生的精神一直都在。

1980 年

前一段时间 NHK 电视台教育频道播放的永六辅[1]先生的节目很有意思。虽说以"文化演讲会"为名,他希望观众把节目当作漫谈闲聊来听就好。如今人人都是评论家,而永先生的话里却找不到一句带着批评的意味。他只是用风趣的口吻讲述自身的体验,却自然而然地变成了一场精彩的文化评论。这不仅是漫谈,更有传统单口相声的味道。

俗话说"江户人像五月鲤鱼,嘴上说得堂皇,肚子里没东西",永六辅这位满不在乎的"鲤鱼",却满腹才学,一身硬骨头,是正牌的江户人。

众所周知,是永先生让日本政府承认了旧式尺贯法的合法性[2],他用日本政府意料不到的方式,用人人乐见的幽默方法做成了这件事情,警察也没什么好说的。这次的演讲也是,有些话尺度大得有点儿悬,但表达生动,让人挑不出刺。这次的话题之一"天着连"意在讽刺现在流行的"某某连"的说法,主要讲的是希望天皇陛下穿日本和服。如果只是这样,听上去像是笑谈妄想,但他的真意是希望日本人胸怀自信,珍惜日本原有的文化,尤其应该珍惜自己的语言,所以他对象征日本的天皇提出了请愿。

实际上，日本男性穿羽织袴时最气派大方，尤其是和外国人站在一起时，气质上一点儿都不输于人。过去有一位名叫森贤吾的大藏省财务官，非常精明能干，他与外国人做重要交涉时，一定会穿黑纹羽袴。因为他平时习惯穿西装，对方以为这次也会见到与平时一样的森先生，看到他穿和服都会觉得吃一惊。能让对方吃惊，就等于占了先机，再困难的交涉也变得顺利起来。他的英语非常好，一旦话锋变得对己不利，他就会用一种独特的婉转说法和发音腔调说："世界诸国中，我们东洋人不这么看问题！"明确痛快地指出各国风俗习惯不一样，丝毫不做让步。

我想，现在我们欠缺的就是自尊和这种显示自我的表现力。有人觉得会说英语，能模仿外国人就能成为国际人，我觉得事实正相反。作为一个有两千多年历史的东方岛国的国民，无论怎么努力，也不可能变得像欧美人。让外国人明白我们的语言和思想与他们的究竟有何不同，才是我们最先应该解决的问题。外国人以为我们与他们一样，所以才会产生误解和不信任。如果理解了不同之处，也就能找到相互妥协的方法。也许在明治时代，模仿外国是有必要的，但现在没有必要紧揪着明治的尾巴不松手。

听说在明治时代初期，日本宫廷的正式服装就像猫眼一样变来变去。大约在伊藤内阁时期，正式服装前一天还是西式拖地长裙，第二天就变成了和服十二单，昭宪皇后受不了这种麻烦，提出从日本传统服饰与西式服装中选定一个，听说日本政府很快决定了穿西式服装。也许为了让民心一新，选择西式服装更加妥当，但话说回来，一边不过是百年历史，一边是千年传统，哪边更重无须多言。

虽然我觉得天皇陛下穿庶民和服可能不甚合适，但在仪式庆典里，衣冠束带的装束不逊于任何一国的礼服。我咨询过相关人士，据说日本的传统礼服不仅行动不便，只穿上身就特别消耗时间和体力，但那是在德川幕府末年，即传统织物和装具衰退时代的事，现代技术让做出分量轻、穿起来方便的礼服成为现实。另外，女性的大垂发这种用油塑形的发型源于武士结发，不是本来的宫廷之姿。所谓坚守传统，未必要拖曳着前朝旧习不放手。以平安王朝的雅为典范，让其在现代生活中放光彩也是可能的事。这样才可能与英国的伊丽莎白女王等他国王室有对等的交际来往。我想，如果日本皇室要学习英国宫廷，不能只学表面上的东西，最值得学习的是珍重传统的精神。

1979 年

注 释

1 永六辅（1933—2016），日本作家，广播作家。

2 旧式尺贯法，以丈、尺、寸等传统计量单位为标准的计量法。日本在 1921 年废止了传统计量单位，推行了世界通用计量单位，但是新法来得突然，世人依旧习惯旧法，日本政府规定沿用旧法进行交易是违法行为。1976 年，永六辅认识的木匠因为沿用旧法受到警察讯问，永六辅为此在自己的广播节目里呼吁让旧式尺贯法复权，呼吁日本全国工匠游行抗议，并在日本全国各地的公演里展开了旧式尺贯法复权运动。最终，旧式尺贯法虽然未能恢复合法地位，但惩罚被解除，日本政府对旧计量单位采取了默认态度。

三宅一生的作品颠覆了原有的"高级定制"的概念。他的作品与其说是服装，说得极端一些，不如说是一块布。就像原始人第一次发现了布，人们以用这块布穿出适合自己的风格为乐，不存在尺寸的问题，更没有男女的区别。三宅的设计非常适合这个即成时装的时代，难怪能风靡一时。

文章写到这里，似乎全是赞美，但任何事物都有优缺点。三宅的设计太简单、太自由，无论怎么穿都可以，反而不容易穿好看。他的衣服有便于活动、不束缚身体的优点，但是，如果我们不像模特那样跳跃的话，很难穿出精彩来。他说自己的服装是为既知性又充满动感的人设计的，这岂不是给顾客平添了很多压力？我觉得能让想法不那么清晰、身姿不太好看的人也能穿出美来，才是职人手艺的价值。

我讨厌现在有些设计师大言不惭地自称"创作者"，以"职人"自居的三宅先生一定明白我的话中真意吧。据说他的裁剪手法是从厨师的绝妙刀工里获得的灵感，由此他以剪刀为厨刀，掌握了裁剪之道。厨师的高明不仅表现在刀工上，还有如何选择餐具，如何优美地摆盘，细小到筷子尖，都需要厨师细心对待，因为现代饮食和野人用手抓着吃是两回事。三宅先生让过分发达的服装技术重新回到了原点，这点他成功了，但是把一度被丢弃的东西再精密地组装回去，这点他还没有做到。说到底还是"质"的问题，他要面对的困难才刚刚开始。

时装的世界是冷酷无情的，昨日还崭新的东西，今天就已经落伍。三宅一生在这个迅猛狂流的世界里，是一个孤独的人。他一个人奔走活跃在各国之间，既是设计师，也是财务经理，还要兼管宣传，有时还亲自出场做模特。在这样的生活里，也许会诞生出艺人或商人，但是职人的手艺会荒废掉。与其被各种才能缠身，不如返回原点，这是我对他的衷心期望。

1980 年

思泷

　　只要听到"泷"[1]这个词，我就会有种心动雀跃的感觉。这不仅因为瀑布风景优美，更打动人心的是自远古以来永无间断地落下的轰轰水声和大自然造化的神奇吧。另外，我自己觉得偏旁部首是三点水的汉字非常有魅力。与其说是有魅力，不如说象形文字充满着魔力。有时我想，把飞流直下的水势看成飞龙跃起的人，是多么富有想象力啊！

　　但是，"泷"的正确写法应该是"瀑布"。三点水一个龙字，有浸润之意，意为急流之水。"瀑布"二字的确显得更壮观，如果是尼亚加拉和约塞米蒂的瀑布，"瀑布"二字更为恰当。但是日本之泷，即使是水势较大的"那智之泷"，与"瀑布"二字也不相称。也许和周围环境有关，我看美国瀑布时，为其大陆式的壮观景象而惊叹，心中却没有感动。不是我自负，这就是历史。日本有时也会用到"瀑布"二字，我们下意识地把这两个字读作了"泷"，可见"泷"与我们多么密切相关。就像水流一样，"泷"是一个从太古时代流传至今的词，令人心中充满着恋。

　　汉字刚进入日本时，我们的祖先把"泷"的发音"taki"

用汉字"多歧""多芸""多纪"来表示，多用来代指急流。由此看来，我们对"泷"字的理解是正确的。

> 我愿年年来此见，吉野清川，白波涌起。

> 山高水急落，好似木棉之白花。泷之河内，看不倦的清雅。

这是元正天皇在去吉野离宫的路上途经笠金村时作的和歌，在《万叶集》中的其他作品里，泷基本上指的都是急流。并非万叶时代的人不懂得深山幽谷中的瀑布，他们只是在讴歌日常生活中经常见到的东西而已。有一次，元明天皇去"养老之泷"修禊，大伴东人和大伴家持做了以下和歌：

> 古言此水可使老人重焕青春，且汲泷之水，不负其名高。田迩川之清泷，莫非自古为宫用。多在芸野之上。

歌的附加说明是"于美浓国多芸行宫"。养老之泷和吉野川不同，水势雄伟用"瀑布"来称也不为过，但依旧是泷。也许是古时候人们心胸豁达，不争这种小节。我隐约觉得，他们可能不太喜欢"瀑布"这两个字。可能说"不喜欢"有点儿不妥当，换种说法，也许他们在瀑布这种充满大陆豪情的词语里感到了一种大和语言所包容不下的东西。于是"瀑布"和"急流"的定义变得接近。不知从何时开始，瀑布也好，急流也罢，被统称为了"泷"。即使是水势极小几乎不能叫"泷"的落水，人们也毫无愧色地称之为"泷之御门"。

行至东泷之御门，昨日复今日，再无君之声。

这是皇子尊宫舍人为哀悼草壁皇子²而作的挽歌中的一首。从勾池引水到宫殿有一条水沟，沟之水门叫作"泷之御门"。后来清凉殿东北的水沟被称为泷口，也许和泷之御门有些关系。而在那里镇守的武士，也因此而得名"泷口"。

刚才写到了"变若之水"这个词，清冽之水能让老人青春重返，这种"复活"思想早在日本神话的时代就已经存在了。所谓"变若水"的信仰，修禊便是其中的一种表现，人们相信用清水洁净身体，灵魂会获得重生。在所有清水里面，深山涌出的清冽泷之水效果最佳，由此，人们开始崇拜起泷本身。"那智之泷"至今也是被崇拜的神体，矗立于水流前的鸟居，标志着此处是神域。还有很多地方也一样，大概所有知名的泷，都被神格化了。

对瀑布的崇拜不仅发生在日本，尼亚加拉瀑布和约塞米蒂瀑布也被印第安人当作神崇拜，听说在非洲的卡兰博瀑布，当地民族为平息神怒，曾把活人献祭给神灵。说到活祭，在佛教绘画《熊野曼荼罗》里，泷旁边画着一匹白马，我看后百思不得其解，询问了永濑嘉平先生。据说直到第二次世界大战之前，日本还有砍下马头或牛头扔进泷下水潭的风俗，目的主要是祈雨，人们以为如果把水弄脏，惹怒了龙神，龙神便会降雨，这是多么土俗的民间信仰。也许在早期的祈雨仪式里，还没有砍下马头的习惯，而是把一匹美丽的白马祭给龙神。现在泷下水潭里有马形岩石、濑户的工匠制作土马当作供品敬神，神社的神马一定是白马，诸如此类的习俗都出于同一想法。

虽然都是出于传统民俗想法，不同于非洲土人，日本人把对泷的崇拜迷信提升到了一种思想的高度。或者说，日本人把迷信发展成了一种仪式。在古代的"变若水"和"修禊"等风俗习惯里已经能看到这种思想的萌芽，后来随着佛教的兴盛，人站在泷之下接受流水击打成了一种重要的修行。这正是太古之神的复活，通过佛教，泷获得了新生。可以说，以泷为媒介，神话和佛教混融在一起。至少，在流水冲击下的修行，是最明显的神佛混融的例子。

文德天皇时代有一位相应和尚，住在比睿山。这位山岳修行者，从小就有一颗虔诚之心。他十九岁时发愿要拜不动明王真身，之后的三年里，他徘徊在比睿山和比良山中。比良山据说有十九处泷，他在这些泷下被激流击打，一心坚持修行，但不动明王始终不现真身。他满身疲劳困顿，走到比良山深处的葛川时，被当地人带着去了"三之泷"。他在那里断食十七日，虔心念经，终于看见不动明王从水潭中带着一身水烟徐徐升起。相应和尚欣喜若狂，跃入潭中抱住明王，待他清醒，才发现抱住的是一棵古桂树，他用桂木雕刻出之前见到的不动明王的尊像，建寺祀之，于是有了现在的"葛川明王院"。

这件逸闻我在《比睿山 回峰行》里详细写过，此处只简单提一下，在与泷有关的传说里，这个故事是最动人的。

更让人惊讶的是，直到现在仍有众多回峰行者继承了相应和尚的传统，在山中行走巡游，最后到葛川，在三之泷水流下修行。泷之信仰还活在现实里，着实令我感动。在清水寺的音羽之泷、爱宕山的空也之泷等修道场，我都见过水流修行，但把泷信仰提升到艺术高度的，无疑要数比睿山的回峰行。山之静与水之动可以说是一种哲学，从日本的宗教到其他文化无一不被其渗透。

说到泷，我总想起根津美术馆所藏的《那智之泷图》，画中有一种神性的静谧，让人感受到水流的澎湃。《那智之泷图》是我前文提过的《熊野曼荼罗》的原型之作，不仅是一幅画，它描绘的更是一种信仰。众所周知，那智是熊野三山中的一座。前文我也说了，那智之泷被看作神体化身，前年三月我去那里时，大雪纷飞，风雪包住了挺立的杉树，天空山色融为一体，大雪挡住了人的视线，在一片茫茫白色里，激流崩落而下的那智之泷，让人身心震撼，除了"神"，我再也找不到其他字可以形容。我不喜欢夸张，但是仍然想说，人的一生中确实会有几次这样的体验。就是在那个时候，我深刻彻骨地悟到了《那智之泷图》所表达的意境和日语里"泷"字的含义。

泷之美不仅仅是站在水流之前才能感受到的。我第一次去那智之泷的时候，从阿弥陀峰隔着一座山远望熊野滩，远远听到好似飞机轰鸣的巨大声响，但无论抬头仰望，还是低头俯瞰，都找不到声音的源头。无意间，我的目光转到左前方山间，看到在一片深绿色森林里，划着一条白色细线。细线入眼的瞬间，我听到整座山都在发出轰鸣之声，整个人浑身颤抖着陷入一种难以名状的感动。

位于宇治田原深处的金胎寺是山伏行者的道场，山顶上面向着吉野大峰的方向，矗立着修行者的石像。从那里开始，山势变得非常险峻，泷之水声从四面八方而来，既然已经来到这里，自然就想看一看泷在哪里。我抓着树干往下走，向右走水声从左面传来，向左拐水声又从右面响起。不知不觉已近黄昏，我放弃寻找，原路返回，但是水声依旧在，始终没有消失。我写文章的此时，耳边依旧回荡着水声。只闻其声却难见其踪的泷，想一想也很有风情。

从远古以来被崇拜至今的日本之泷，人们在无数的歌里咏过、画中画过。作为山水画里不可或缺的景物，比如河内金刚寺里的《日月山水屏风》，画的似是葛城山的雪景，不能不提雪景里还画着的一个小小的泷。这种构图在中国南画里也可见，通过描画深山幽谷中的瀑布，表现作者心中的理想桃源，描绘出了一个异次元的世界。小也无妨，泷是山必不可少的象征，也是水神的住处。草地、红叶、人间生活，都是被那里流淌出来的水滋润着的，水是世上所有生灵的生命本源。春山也好，冬雪也罢，这个世界瞬息万变，如梦如幻，而泷是永恒的生命之泉。

《熊野曼荼罗》也是同理，画的是那智山的奥之院，泷像是一个区分下界[3]和他界[4]的界线。《日月山水屏风》和《熊野曼荼罗》都是室町时代的画作，与镰仓时代的《那智之泷图》对比着看，我能感觉到画中体现出的"泷观"逐渐变得深邃起来，或者说渐渐地带了密教的色彩。但是这里的泷，依旧是与人紧密相连的东西，意境与中国画上的瀑布截然不同。

在《古事记》里，泷是水神的化身。天照大神[5]和须佐之男命[6]在天之安河结下誓约，最先出生的是多纪理毗卖命。有意思的是这位美丽而粗野的神是女性，与水有关的神大多是女性。《古事记》不仅是一部神话，因为书中非常准确地描写了自然之姿（里面也有人）。泷被看作动力之源，其语源大概就是"多纪理毗卖命"。现代社会水力无疑也是动力之源，实际上，水所拥有的轰大震地的水声、劈裂岩石奔涌而出的水势，都有着令人畏惧的荒神之姿。此外，水也是优美的。春天散发着樱之清香，秋天穿着红叶锦衣，都具备了女性的特征，换个角度来看，我有时会觉得水有种强烈的情色之态。对丰饶女神来说，官能肉欲是其必然姿态，而泷劈裂岩石纵身而落、曲线连绵的样子，简直就是女性的身体。也是出于这个原因，至今各地还有不少泷名为"产之泷"（"三之泷"），为的是祈愿女性平安分娩。葛川的三之泷也是因为涌出了不动明王而得名的吧。

说到瀑布，便如字义所形容，水流仿佛白色布匹垂下。人类的想法都差不多，外国有瀑布叫"新娘面纱"，听说日本北海道有个叫"婚礼长裙"的瀑布，当然这是新命名的。"白系之泷""布引之泷""白绢之泷"的名字描述的也是布匹垂下的样子，"瀑布"反倒像是继承了泷之名。

最引人注目的是和佛教有关的泷之名，"不动""权现""华严""般若""弥勒""阿弥陀""观音"等，其中以"不动"为名的占了压倒性的大多数。这是因为不动明王是修验道行者们信奉的本尊，他们通过接受泷水的击打修行而感悟并看到不动明王的真身，从而希望自己能得道成为不动之尊，这也是一种"变若水"信仰的变形。"阿弥陀之泷"和"观音泷"一定也有相应的传说，位于青森县三户郡田子町的"弥勒之泷"背后有一个悲伤的故事。

传说日本南北朝时期，云游诸国的行脚僧人在泷下修行，受到当地人排斥而饿死。想来也许他有意弄脏神圣之水，惹怒水神，随后村中怨灵作祟，灾难不绝。某日一位云游僧人来此，把自己信奉的弥勒之名给了泷，怨灵之怒得到平复，村子恢复了往日的平静。

还有一些泷的名字来自周围景色。

"两门之泷"，说的是两条水流注入了同一个水潭；"暗门之泷"是水流落入了不见天日的深谷；"吹割之泷"则是因为水流劈开岩石吹起了腾腾水烟；"光之泷"如其名，始终被日光照耀，闪着美丽的光辉。"雷泷""霹雳泷""轰泷""咆哮之泷""木灵之泷""辘轳之泷""鼓泷""琴泷""琵琶泷"等名字取自水声；"白泷""白水之泷""赤泷""绯泷""五色之泷""蓝瓶之泷"等名字形容的是岩石之色。而特别让人伤感的是，还有以投水身亡者而得名的泷，如"阿冒念之泷""阿君之泷""佛御前之泷"。

我不清楚龙神信仰是何时传到日本的，日本人能毫无阻碍地接受这种架空的神兽，是因为日本原本就有"八岐大蛇"的怪物传说。竜（tatu）、大蛇（orochi）、蛇（hebi）这些词似乎比"龙"更古老。即使和传说无关，日本山深水急之处极多，到处都像是龙神的住处。已经化身成为佛教守护神的龙，外观也气派，远非蛇蟒可比。龙神在眨眼之间风靡了日本，以龙神为名的大山河川数不胜数。

对多纪理毗卖命来说有件幸事，那就是佛教除了龙神，还有龙女成佛思想（《法华经》），所以多纪理毗卖命变身成龙也没什么障碍。从"华严缘起绘卷"到"道成寺"的故事，女性变身成龙或成蛇的故事并不少见。变成龙的多纪理毗卖命住在泷下水潭中，变成了祈雨之神。所以，日本的泷，非得写成"三点水右边一个龙字"才容得下这些渊源典故啊。

慢慢地，人们开始希望在身边景色里也能看见泷，在橘俊纲的《作庭记》里有一篇以"立泷次第"为题的内容：

> 立泷，必先选水落之石，其水落之石若如人工细做，则美丽而无趣。

这段话是说如果在庭院里做泷景，要尽量选择有自然之姿的岩石。书中还详细记载了怎么放置岩石、怎么把握堆土的分寸等。

> 观天然之泷，高泷未必广，低泷未必狭，唯以水落之石宽狭而定……若泷之咽喉显露在外，易显出浅；水流若从岩间意想不到之处涌出，则有幽深之趣。

如此等等，书中记载了泷之姿是由岩石的组合方式决定的，落水种类可分向落、片落、传落、离落、棱落、丝落、重落、左右落、横落等。书中详细记载了泷的分类和垒石方法，最后落笔在不动明王身上。

> 不动明王立誓，泷若三尺，皆我真身，四尺、五尺乃至一丈、两丈更无须多言。由此必以三尊之姿现身，左右前方二石意表二童子。

二童子指的是不动明王侍前的矜羯罗童子和制叱迦童子。在这里，泷终于变成了不动明王本尊。变身成龙神的多纪理毗卖命又一次转变成了印度佛，关于佛教仪轨我知道的不多，不动明王的利剑上缠绕着龙，似乎无声讲述了这段变身史。反过来说，不动明王的信仰在中国和印度并不像在日本这么兴盛，日本人之所以笃信不动尊，我想是因为日本的泷文化足够成熟。

泷音久不闻，唯名长流传。

长保元年（999）九月十二日，藤原公任陪伴道长走访大觉寺的"泷殿"时咏出这首歌，从这首歌里诞生了"唯名之泷"。现在大觉寺里有嵯峨天皇的离宫遗址，平安时代初期盛行中国文化，想必"观瀑"也盛行过吧。由此，"作庭"技术随之发展起来，在镰仓时代达到顶峰，其中泷的最高境界，要数枯山水。枯山水不用水，只用石和青苔，表现出了静寂的极致，我觉得反过来称之为"音之庭"也很恰当。泷被人从深山移到人工庭院里，水从三尺连绵流动之姿里消失，人耳听不到水声，若用心去听，能听到自己心中的泷发出水声，或者说，人自己变成了泷。

泷之所以如此深地渗透在日本人的日常生活里，是因为日本人深爱泷，哪怕泷在人迹罕至的深山，人们也会为它而去。确实，泷身上有种吸引人的东西，也许是我们祖先世代的记忆吧。当我知道现代也有一位追寻泷的人时，觉得非常奇妙。

永濑嘉平和他的"泷摄影"，有一天忽然出现了在了世人面前。听说他是一位报社记者，既不是专业摄影师，也不是修验道的山伏行者，只因沉迷于泷，走遍了从北海道到冲绳的群山。

看着他拍摄的照片，我又一次惊讶了，也许专业人士能看出他照片中的缺点，但是我从未见过如此精彩绝伦的泷摄影。我刚才说过，从任何角度看他都是外行，登山家的名言"因为泷在那里，所以我按下了快门"正像是永濑嘉平的初衷，他并非为了拍照片才去的。有时他会连续在山里走一个星期，有时会野营露宿，他不带大型照相机和望远镜头，只带着便于携带的尼康相机，用十年时间拍了几千张照片。他在险峻的深山里多次遇险，几乎丧命，丢失过无数照片，照相机掉进过泷下水潭，但他很心平气和，一直对人说："我的目的并不是拍照。"

永濑先生小时候喜欢在多摩川河岸上玩，玩水或者捡石头，慢慢地，对溯川而上产生了兴趣。他沿着溪流走进峡谷，在水源处发现了泷，这是他和泷的初遇。与其说他被泷迷住，不如说他更喜欢的是在通往泷的艰难路途中涉过的溪水、侧耳倾听过的鸟鸣。可以说，比起爬山，他更喜欢在谷底走。他不带地图、指南针和食物，没有具体的目的地，可以说是一种放浪行走，或者说他从不可思议的山的魅力里，感受到了与此世隔绝的"另一个世界"。在行走的尽头，他碰巧遇到泷，于是被迷住了，就这么简单。他说："可能因为我是日本人吧。"

"不管怎么说，费了那么大力气，终于看到泷的瞬间一定很感动吧？"我再三问他。他说虽有感动，但没什么值得大书特书的情感，只是觉得"身体变空了"，还有"其实非常不想拍下来"。我很明白他的意思，就像山岳修行者要竖立塔婆纪念，照片是一种路标，标志着永濑先生的人生节点。我请他千万别客气，一定要把照片出版成书，让世人来评价。

我看着他的写真集，写下这篇文章。"羽衣之泷"果然有着身披羽衣的天人之态；"雾降之泷"被大雾围绕，让人忘乎所以；"三之泷"让人看到了多纪理毗卖命鲜活的肉体；"雪轮之泷"有种平稳流畅之美；在埼玉县秩父的"不动泷"的水流里，至今似乎还有不动尊现身；"天泷"有直落九天的气势；富士山麓上的"白线泷"是我看过的第一个泷，让我想起了童年。这些泷都是泷，却没有完全相同的，而且在这些泷里，都有一张永濑先生的"变空了"的脸。这不单单是一本写真集，还是一本写给泷的诗，只有读了的人才会明白。

"拍过照片后，我心里再也没有牵挂了，以后也不会再看，只有我亲眼看到的泷的姿态，永远留在了内心深处。"永濑先生这么说。

也许他这样就满足了，但是他能把在泷中感受到的喜悦分享给读者，这种分享也会成为一种喜悦。在这本写真集出版之后，他会心有所感吧，感叹幸好把照片拍下来了。与此相比，我对泷的经验微不足道，他让我看到了自己用尽一生也未必能看到的泷的景象，我要在此深表谢意。这篇小文，是我受到永濑先生写真集的启发，写下来的一些所思所感。

1978 年

注 释

1 泷，日语中"瀑布"的名称，读作（taki）。

2 草壁皇子（662—689），天武天皇与持统天皇之子，被立为皇太子，不满三十岁去世。

3 下界，迷信的人称天上神仙居住的地方为上界，相对地把人间叫作下界。

4 他界，指佛教中的另一个世界。

5 天照大神，日本最核心的神，即太阳女神，被奉为日本皇室的祖先，尊为神道教的主神。

6 须佐之男命，《日本书纪》中的素盏鸣尊，书中记载被放逐的素盏鸣尊找到天照大神，双方取对方饰物并用河水冲洗后，产生三女神和五男神。

坂本的门前町

说到门前町[1]，我们会联想起纪念品商店、古老的小旅馆和鳞次栉比的热闹街区。坂本不是没有这些商店，但日吉大社青杉苍郁，石墙上生满青苔，宅院大气沉稳，商店于其中显得毫不起眼。作为门前町，显得太安静、太宽阔了。这正是坂本的一大特点，也是其独特的美感所在。

这样的坂本，不能说和其背后耸立的比睿山没有关系。"比睿"二字，古时写作"日枝"，比睿山是早在远古时期就被人崇拜的神山。《古事记》里记载，须佐之男命的孙子大山咋命就镇守在近淡海的日枝山，现在日吉大社东本宫供奉的就是大山咋命。7世纪时天智天皇把宫廷移到近江时，将大和三轮之神也请到了日吉大社的西本宫。渐渐地，摄社和末社[2]也被营造起来。而传教大师在比睿山顶建造比睿寺，是一百年后才发生的事。大师死后，寺名改为"延历寺"并延续至今。我在这里想说清楚的是，比睿山信仰发源于近江一侧，在京都营建都城之后，人们才开始把比睿山作为平安京城的镇守神山来崇拜。

传教大师最澄出生于坂本的门前町。大师的父亲三津首百枝是百济人的后代，有着虔诚的信仰，据说他曾在坂本结庵修行过。据传位于第一座鸟居右前方的生源寺，便是最澄大师的诞生之地。现在大银杏树旁还有一口"产汤之井"，传说的真伪我不知道，不过，此井石块堆垒得十分巧妙，让我感叹近江不愧是石造艺术的王国。

延历寺随着时代发展，渐渐与政治、军事势力有了联系，坂本一带变得喧杂起来。其中最有名的是元龟二年（1571）织田信长的火攻，大火不仅烧毁了寺院，门前町也尽数化为灰烬。后来在丰臣秀吉和德川家康德的援助下，坂本得以重建。历史方面的话就写到这里吧。既然前文提到了石头，我想写一写坂本的石墙，因为所有参拜日吉大社的人，首先看见的便是参道两侧连绵的石墙。

从山中开采来的自然岩石不经加工直接堆积的手法，叫作"乱积"或"野面积"，坂本的神社、佛寺以及普通人家的石墙，用的都是这种手法。这些石墙外观十分粗放，与通常的切割石块后再堆垒的"布积"相比，也更有韵味。在使用石头时，即使是做一个石庭，听说也要把石头的三分之二埋进土里。坂本的石墙也一样，石头有近两米埋在土里，先铺好拳头大小的圆形"栗石"，再放置"根石"。所谓"野面积"指的是目测自然岩石的形状，将其放置在根石之上一点点垒起，进深的一面体积是外侧面看到的好几倍大。坂本的石墙之所以看上去特别气派，是因为这些看不见的地方做得特别精细，想必是为了让石墙起到防护城壁的作用才如此修建的吧。

这种独特的积石手法，兴盛于坂本边上的一个叫作"穴太"的村庄。石工团队被称为"穴太众"，据说也是"百济渡来人"的后裔。离穴太不远，有景行天皇"高穴穗宫"遗址和被称为"百穴"的古坟群。我想，也许这种出色的造石技术就是从古坟石窟中继承来的，尤其是门前町的律院、穴太的盛安寺、东照宫附近的滋贺院的石墙最为精彩。滋贺院原本是天台座主的里坊（住居），院子十分宽敞，春有新绿，秋有红叶，景色很优美。

第一座鸟居的右侧有一棵大垂樱，每年四月中旬社祭时盛开。人们隔着盛开的樱花枝条，远远望见耸立在对面的秀丽的八王子山时，都会被一种神秘的感觉撼动。八王子山别名小比睿，也叫牛尾山，在远古时代被许多集落当作各自的神体山崇拜，是坂本的圣山。也就是说，人们把八王子山看作了大山咋命的神体化身。在八王子山顶上，以天神降临的岩座为中心，建有两座神社，在社祭期间，神殿里也会供奉火。在樱花的彼端，神火若隐若现，这种风景仿佛在诱我走进一个远古时代的神灵世界。

从这里横穿过参道向南走，第二幢建筑是一家叫"鹤喜"的荞麦面店，每次来坂本，我都喜欢在这里吃荞麦面。鹤喜自古和比睿山关系密切，当山上的僧人进行"断五谷"的修行时，因为荞麦不在五谷（米、麦、粟、豆、黍）之内，鹤喜会按规矩专门送荞麦面上山。店面格局也庄重大气，坂本很多房子有白墙、细木栅栏门窗和烟囱，看上去让人很心安。

再返回到第一座鸟居，沿着参道缓缓地向前走，左前方有一家叫芙蓉园的小饭馆，原本是白毫院的一个里坊，我没有在这里吃过饭，只觉得院子宽宽敞敞的，很舒服。园内有石工匠建造的大石窟，与其称为石窟，更像一个可以走通的隧道，堆得高高的石头非常有味道，人可以站直身子走过。没人知道石窟因何而建，但是看见岩石堆垒得如此巧妙，我更觉得他们的技术与古坟石室有关系。

当地人把这一段参道叫作"马场"，正式名称是"日吉马场"。参道两侧是一处处宿坊，利用了江户时代建造的优美庭院，我没时间一处处细看。坂本的门前町和其他地方的不同之处就在于坂本氛围庄严，让人自然而然地有了一种参拜神社的心情。坂本的一大特征正是门前町和神社参道交融在一起。再走便是一段陡坡，跨越过大宫川后，便进入了神域，已经不能用"町"来称呼。横跨在大宫川上的优美石桥是丰臣秀吉出资建造的。大宫川上的石桥从上游开始数起，依序是大宫桥、走井桥、二宫桥，三座桥都曾毁于前几年的台风，之后马上被修复如新。这一带有很多枫树，新绿和红叶时节的景色十分优美，枫叶与石桥相叠，映照在大宫川水面上，风景如画。让我印象更深的是雪中巡游比睿山的行者们，他们一身白衣，从桥上走过。在坂本的街巷里有时也能看见行者，当地人与他们的关系十分密切，听说不少当地人作为个人信徒，为行者提供着各种方便。也许他们切身看到行者的修行之姿如此真挚，心中也为之感动吧。行者的修行大本营在坂本西面深山里的无动寺，那里四下一片静寂，与比睿山根本堂相隔一条山谷。

从芙蓉园向前走，不上桥直接左拐向南，就到了前面写过的滋贺院后，这里是绝佳的散步之处。滋贺院最里面是慈眼大师的祠堂。慈眼大师天海是德川家康身边的人物，在政治和宗教上都十分有影响力，为元龟之乱后重建比睿山做出过很大贡献。祠堂西边，是近世天台座主的祠堂，以桓武天皇的供养塔为中心，四周列着紫式部、和泉式部等人的供养塔，四下似乎无人打扫，杂草遍生，看上去别有一番风情。一座大石佛立在其中，雕刻线条有力，有着室町时代的风格。石佛是从琵琶湖北面的鹈川移到此处的，"鹈川四十八体佛"在过去就很有名，其中几座不知在何时被移到了这里。在山里感觉不出佛像的巨大，放到平地上就显得姿态沉静，充满力量，让人惊讶。这里平时没什么人，在我看来，如果来坂本，此处绝佳，不可错过。

从这里登上反方向（西）的高大石阶，就看见了东照宫。在栃木县日光市和静冈久能山也有东照宫，不用说也知道是祭祀德川家康的地方。此处的东照宫大殿建于宽永十一年（1634），是天海僧人模仿日光东照宫建造的，规模比日光东照宫稍小，人称关西的日光。站在东照宫前，眼前是一面广阔的琵琶湖，美得让人无言。东照宫和慈眼堂，一个在山上，一个在山下，相对而建，想必不是出于偶然。比睿古称日枝，在我的理解里是太阳光线的象征，朝东而立的日枝之山，对应着从东边升起的太阳，正所谓照耀东方的神山，所以作为光芒笼罩关东一带的守护神，才选择了"东照"的名字吧。东照宫是祭祀德川家康的陵庙，其渊源在于比睿山。所以东京的山王神社取了日枝的古称，叫作"山王日枝神社"。德川家康非比寻常的比睿山信仰，虽说有天海僧人的影响，其背后一定还隐藏着德川一族的远大理想，走在坂本的门前町，在意想不到的地方发现东照宫时，我满心涌起这番想象，不能自已。

1982 年

注 释

1 门前町，大型神社、寺院周围形成的街区，因为参拜者众多，街区多是做参拜者生意的店家。

2 摄社和末社，大型神社附近的小型神社，同属大型神社管理，但社格比较低。

随感

春近

　　我在鹤川住了近二十年，现在鹤川被并入町田市，地名也改成了能谷町，但四下风景依旧不是什么城市景色。这里是多摩丘陵地带，小丘重叠，只在谷底缝隙里散落着一些农家。从我所在的地方看不到这些农家，只能从枯枝缝隙里看见远处的丘陵。我家房子的前主人是对老夫妇，他们的独子去了东京后，房子和田地都荒废了，所以转让给了我。老夫妇似乎非常喜欢植物，家附近种满了几乎所有种类的花木，每到春天，景色宜人。

　　此地气温低，现在梅花尚在绽放。今早我看见木莲鼓起了花蕾，紫木莲开花比较晚，白木莲在二月末的暖和日子里已经迫不及待地绽开了。我一边赏花一边担心，一场霜来，花肯定要被打蔫，真是耐不住性子的傻花，但这也是天意。不开花的树回春特别快，不知不觉就长出一树新鲜的绿叶，让人眼前一亮。现在正是杜鹃花和藤萝花一齐绽放的时候，藤萝枝条低垂到杜鹃花上，花色绚烂仿佛桃山屏风。最近两种花长得太大了，得剪去一种，如何取舍也是件烦心事。

我家旁边还有一棵合欢树，不开花，树枝横斜很是扰人，于是我把枝条从根部剪了，树竟骤然伸展开了，开出满树的花，犹如华盖，比以前更加碍事。我越剪，它越来劲，看来不能再剪了。

我家位于朝向东南的高坡上，坡上开着鲜花，相对而言，还是从外面眺望我家的风景比较美，从家里往外看的话，不仅逆光，而且花朝向太阳盛开，我们只能看见花的背影。世上的事大抵如此吧，我觉得这样也很好。

1961 年

丰盛的不便

自从美智子与皇太子结婚以来，轻井泽这个地方就出名了，观光巴士穿梭不停，利用暑假来旅行的学生也很多。旅行本身是件好事，但我不知道学生们能从轻井泽这种地方看到什么，得到什么，就算无法轻易得到什么，他们真的觉得轻井泽好玩吗？我很是怀疑。我看到的都是东张西望的眼神和流于表面的好奇心。他们无处可去，只好在附近的旅游纪念品商店里消磨时间。

去年此时，我正在巴黎，可能是受奥运会的影响，巴黎的日本人非常多，我在他们脸上也看到了同样的表情。都说随着交通方便，地球变小了，我觉得这只是一种错觉。受经济条件限制只能参加旅游团的人也就罢了，有些人即使选择自由行，也是走马观花式地参观固定的景点，这种"盖戳式"的观光和看风景明信片也没什么区别。别人去哪儿，这些人就跟风去哪儿，不去就觉得亏了。怪不得有人说世界变小了，因为他们只看到那么多。我担心的不是跟团集体行动，而是人们内心也被团体化。

我在读柳田国男先生在《朝日新闻》上的专栏连载《柳翁闲谈》，深感像他这样享受吃尽苦头的旅人，现在已经不多见了。看他描写在人迹稀少的山中邂逅的人，以及不为世人所知的生活情景，我不由得觉得世界并不窄小，仅日本就无限宽广。他从中得到的岂止是便宜，更为一直空白的日本民俗学做出了巨大贡献，现今时代缺乏的就是这种热情。现代生活越来越便捷，人们越来越依赖现成的东西，在这样的环境下是诞生不出新东西的，也没有真正的自由。说到便捷的速成产品，只方便面一种就足够了。在偶尔的旅行里，还是享受其中"丰盛的不便"比较有意思。

1961 年

国际人

三船敏郎先生在威尼斯电影节上获得了最佳男演员奖，真是一件值得祝贺的事。

我去年在威尼斯和巴黎见过三船先生，感觉他是个性格爽朗的大好青年。现在还用"青年"来形容他似乎有些不妥，过去日本有首歌里唱到"日本男儿乃樱花色"，见到他的瞬间，我想起了这首歌。由此，我为什么叫他"青年"是不是好理解一些了。

巴黎有一个叫"Madame Arthur"（亚瑟夫人之家）的同性恋酒吧，我和同伴们正好要去那里时遇到了三船先生，我以为他作为一个日本男子可能对那里有抵触，试着问了他是否要同去。他却像得到了号令一样，很有气势地说："什么事都要经历过才知道，走吧，我们一起去！"

和日本的四叠半趣味[1]相似，巴黎的同性恋酒吧更像夜总会，有舞台、有歌舞，现在已经变成招揽游客用的观光场所，清洁而无害，但三船先生还是很惊讶。

"啊，那样子的也是男的？难以置信！"三船先生一脸惊诧。过了一会儿，酒吧主人走过来，不知他认不认得这就是著名的三船敏郎，只见他亲热地和我们打着招呼，用手揽住了三船先生的肩膀。三船先生立刻蹦起了三尺高，冲对方吼起来：

"别过来！走开！"

别说店主了，就连满堂的客人们都大笑起来，大概他们还是头一次见到三船这么不解风情的人吧。三船先生就是这样一个人。说起国际人，人们会联想到懂交际、长袖善舞的人，这种人在欧洲到处都是。人们喜欢三船，是喜欢他穿着黑色西装、系着白领带的样子，也是喜欢他有一点儿土气，但是实诚的性格。无论他来过多少次巴黎，他都不忘把这句话挂在嘴边：

"我是乡下人进城，请您多多关照。"

1961 年

用兵在于势

据说现在社会上流行学英语，就连 NHK 电视台也在《你是陪审员》节目里展开一场争论，一派主张英语教育关键在于读写文法，另一派则看重口语会话。在读写派看来，脑子里没概念，口语再流利也没用，还是通过读写掌握外国人的思考方式比较妥当。而在口语派看来，就算会读会写，不会说也没意义。节目连五十岚老师的模仿秀都搬出来了，很是热闹好看。

两派的见解都有道理，在我看来，两派都过分拘泥于细枝末节，因为是电视节目，所以也没办法。读写派，即传统英语教育的拥护者认为，只要把读写掌握牢靠，就能理解外国人的思考方式。就算是这样，如果没有坚实的自我思考，就算知道了外国人的想法，也只是多了些知识，这和脑子里没概念，只会嘴上说的人又有什么本质上的区别？

再说看重会话的口语派。确实，日本人的英语会话能力非常弱，但就算能流利会话了，也只是交流起来方便而已，没有更多的意义，此派忘了这一点。说白了，两派的思路其实是一样的。他们想的都是怎么去模仿外国人。英语尊重自主性，而这些英语老师的思路是日本式的思路，不对，"日本式的思路"前还需要多加一个"现代的"作为定语。

西伯利亚干涉事件爆发时，日本陆军擅自打破不出兵的约定，美国大使对此提出了强烈抗议。日本这边无可自辩，那时的外务大臣只说了一句"用兵在于势"。翻译不知该如何是好。比起千百句辩解，一句话有时更有用。在这一句话的气势面前，连美国大使也不得不让步。所以，会说英语固然方便，不会说也不受影响。

1961 年

逼真

连休期间的电视节目里，有很多我想看的。《有间皇子》虽好，可是再过几天我要去看同名的戏，所以把频道转到了《项羽和刘邦》。尾上松绿先生演得威武庄严，像"英雄皆为孤独寂寞之人"这样的台词，从他嘴里说出来显得那么威严、毫不滑稽，真是个好演员。现在歌舞伎演员和话剧演员同台演出的机会越来越多，《有间皇子》也是如此，这个趋势我觉得很好。从现在的情况看，歌舞伎演员的演技明显要好很多，他们嗓音洪亮清晰，却不是靠吼。话剧演员正好相反，尤其是演虞美人的丹阿弥谷津子和演妃子的东惠美子争执的场面里，演技太歇斯底里了。虽说女人之间的争斗肯定是歇斯底里的，但戏剧里的真和现实里的真是两回事。演技过分逼真的话，反而会脱离戏剧中的语境。

我把频道转到了日本电视台，此频道正在播放中村勘三郎和中村勘九郎主演的《父子灯笼》。勘九郎和母亲告别后伤心哭泣时，父亲去劝慰他，他依旧止不住眼泪，父亲拿过三味线对他说"爹给你模仿瞽女²唱一曲吧"，说着弹响了三味线。听见琴声响起，勘九郎一边痛哭，一边不自觉地跟上节奏跳起舞来，他心中难过，身体却不听话地舞动起来，那模样十分生动，我看哭了。

和《项羽和刘邦》相比，《父子灯笼》的看点是儿童演员的演技。恕我不恭敬，我有时不喜欢看这种演技太过精湛、旨在迎合大众的亲子苦情戏。在我看来，传统戏剧和现代话剧的区别在于传统戏剧演员身上有长年积累下的经验，该怎么演，几乎不用提前设计演技；现代话剧演员则需要精心考虑。有种说法是"戏疯子"，但疯子演不了戏，演员不可能头脑不清楚。演戏时一定要用脑子的话，其实人的头脑就那么回事，还是不要设计得太过度比较好。现代话剧里还有很多必须扔掉的东西。

1961 年

关于理智的判断力

前几天浅间山 ³ 火山爆发，专家说是中等程度的爆发，我是外行，感觉已经很凶猛了。失踪的登山者中，有一位是我朋友的亲戚，虽然我不认识他，依然觉得这件不幸的事似乎就发生在自己身边。照例，这件事引发了不同的意见。一派认为既然知道有危险，为何没有提前提醒大家；另一派认为，如果每次出现这么轻微的前兆时都要发布警报的话，那浅间山就没法上了。我不知道哪派是对的，提前提醒当然好，但是一旦知道有危险，人的想象力总是大于现实，那距离浅间山只有几公里的轻井泽早就不得安生了。举个极端些的例子，如果知道了自己的死期，我们这些凡俗之辈肯定坚持不到死期就不行了。话虽这么说，我不是在赞美无知。有些事能在不知道的情况下发生是最好的，这样更省心。世上很多事情，与其半懂不懂地知道一些，还不如完全托付给专家去判断。

今年夏天流行小儿麻痹症，母亲们一定很担心，相关新闻报道也有煽风点火之嫌。儿科医生绪方先生在电视上说："家长们的心情可以理解，但是儿童疾病并非只有小儿麻痹一种，不要听了别人添油加醋的言论就慌张，对别的疾病粗心大意。越是这种时候，做母亲的越要沉稳，不要把紧张情绪传染给孩子。"他的一番话说得十分恳切。

在儿科医生看来，首要问题是让母亲们镇定下来，如果母亲真心为孩子着想，那就不应该让孩子知道自己正在焦虑。我们的心中，也一直住着一个"孩子"，只有理智的判断才能守护这个孩子。我愿大家都能驾驭自己、守护自己。

1961 年

物之两面

我在新闻专栏上看到这样一条意见：书写日本的收信地址时，首先要写比如东京都、某某町、几丁目、多少番地，最后是收信人姓名。而欧美则相反，先写名字，接着是门牌号等信息。从这样的小事上可以看出，为什么日本的个人主义盛行不起来。我看后不禁感慨，原来还有这种思考方式。

但是，事情都有两面性。从同一个案例来看，日本人有种甘居其后的美德，这么说没有错吧？实际上如果从邮局的角度来看，最先进入视线的，与其是陌生的名字，不如是便于整理的行政区，名字之类的由最后的送信人过目就足够了。这件事只是一个例子，说明事情可以从两方面考虑，更何况个人主义也有好的一面和坏的一面。

比起这件事，我更在意的是当下的一种风潮，什么事都要拿日本和西方对比一番，再下结论说日本不好。前一段时间，我看到一篇针对专栏文章的功过进行论述的文章，文章中说那些随便下的结论不过是信口开河而已。信口开河倒也罢了，更让人无法忍受的是有些人对信口开河毫不羞惭，反而一副得意扬扬的样子。

我也是写专栏的人，别人写的专栏我也会仔细拜读，在这个令人忧虑的不盛行个人主义的国家里，有一天也会出现任由某些人信口开河这种事，我想问问他们对此有何感想。

还有这样一件事，那天东京湾忽然刮起暴风，吹翻了很多钓鱼船，水上警察赶去救援，船老大芳先生搭救了一个又一个钓鱼客，最后一个客人也得救了，船老大却筋疲力尽地被波涛卷走了。

1961 年

《识货人之眼》

秦秀雄先生是井伏鳟二小说《珍品堂主人》中主人公的原型。小说是著名作家写的，书是畅销书，改编的电影也非常卖座，去年我去山阴一带旅行时，遇见两三个自称是小说原型的古董商，可见珍品堂出名了。小说描写的是古董赝品，没想到真有"赝品"冒出来自称是原型，有意思。其实正牌的秦先生自己也写了一本名为《识货人之眼》的书。别看标题有点儿吓人，内容很有趣，描写了作者沉溺于古董而得到的喜悦，文笔直白，外行人看起来也不费劲，没有一点儿炫耀情趣的意思。专业茶人没能继承茶道精神，反而是市井凡人把茶道运用得活泼又生动。"想用三千块买到价值三十万块的东西的人是外行，什么也不懂！"书中自然而然地就得出了这一结论，还提到了一个行内规矩："如果买到了假货，不可以退，就算不甘心，你也要把东西留在身边，好好钻研一下究竟假在哪里。"

读到这里，我很惭愧。我最近刚给一家周刊杂志写过一篇文章，刚好写的是退掉假货的事。这件事发生在伊朗，有件东西我买下后越看越怀疑是假的，就去找了卖家。卖家是个犹太人，我没想到他大大方方地承认了东西是假的，并且对我说："但是你买时什么也没问呀。"我在文章里把这件事写得很有趣。最后卖家痛痛快快地把东西收回去了，我对他说："这种事在日本是绝对不会发生的。"现在想来，确实不可能发生，要是在日本，就算是弄到了假货，我肯定会像秦先生那样忍了。我那时大概是觉得反正在异乡没人认识我，我也不会久留，所以平时做不出来的丢人事也满不在乎地做了。现在想想，就算对方是犹太人，我这事做得也有点儿过分。《识货人之眼》这本书不仅标题吓人，对我来说，连内容也让我感到了畏惧。

1961 年

关于误解

《徒然草》里有一个故事，大纳言入道被武士抓住带往六波罗，资朝卿看到后说："真羡慕啊，有了如此的回忆，才不枉此生，入道的活法是最理想的。"我看过的版本里注释说这一段是在赞美大纳言入道，他因反抗权贵被囚，资朝卿说人该像入道一样活着。长久以来，我一直这么认为。今天收到福原麟太郎的《人间天国》，我读到了完全不同的解释，不禁感到眼前一亮。

福原说资朝卿看到入道被武士簇拥着像抬轿子似的被抬走，单纯感到很羡慕。像兼好法师那样的文字高手，不会对字义多做解释，两种意思都可取，虚心坦率地旁观事物，也许更能显出人事的幽深难测。确实如此，即使是伟人，心中也一定藏着庸人的想法。什么缺点都没有的人，是不可信、不可爱的。如果问兼好法师哪种解释正确，他一定会笑而不答吧。误解也是一种理解，否则经典无法经久不息。人也一样，如果万事都追求正解，那世上还有什么可尊敬的人和事物呢？

我以前在报纸上看过一件旧事，大意是在第一个登上北日本阿尔卑斯山的，是德川幕府时期一个叫播隆上人的僧人。他出于信仰而登山，有一天，他在枪岳山巅拜佛时，看到在耀眼的白紫光芒中金色的阿弥陀佛现出了身形，文章字里行间充满了感动。但文章同时还解释说，播隆上人看到的其实是布罗肯光学现象[4]，他误以为看到了佛。也许这种解说是对的，但让我选的话，我肯定二话不说地选择播隆上人的误解。正解是容易的，但误解难得。

1961 年

暴风雨之后

暴风雨结束后的舒爽是无与伦比的。人住在乡下比住在都市里更容易感受到大自然的威胁，风雨之后感受到的一切平安的喜悦也更强烈。树木和草都露出松了一口气的表情，仰望着蔚蓝的天空，舒展开身体做着深呼吸，就连快走到生命尽头的蝴蝶也仿佛在享受最后一丝活着的乐趣，在褪色的芙蓉花间嬉戏。关于野分大风⁵过境后的清早风情，《源氏物语》里有过最优美的描写，每年秋天都要刮的暴风被冠名"台风"后，仿佛带上了一种暗淡可怖的表情。不和太久远的过去相比，现在受灾的损失与我小时候相比似乎有所增加，难得的舒爽心情也在看到晨报新闻后变得沉重起来。是不是随着文明的发展，自然对人的威胁也会增大，仿佛大自然在报复人类。伐木过度就会导致洪水，山体遭到破坏后会引发泥石流，过度开采地下水会导致地面沉降。这些灾难都与人类的行为密不可分。即使人类明白这些道理，依旧想当然地以为人力可以胜天。至少，很多人都抱持这种态度。人定胜天也许是一种壮志，而实际上建造了水库的工程师们却没有这种骄傲自大的想法，其中一人这样说："对待大自然要小心翼翼，要一边安抚，一边前行。"

还有一位医生这样说："人体这东西，知道得越多，越觉得深奥难解，人之将死时，只能听凭上天安排。"

也只有不懂事的外行才对科学的进步感到狂喜忘形，与此相比，古时的人们把天灾视作天罚引以为戒，两种态度哪种堪称进步理性呢？写到这里，我耳边传来村里秋日祭的鼓乐声，他们正在做的就是"小心翼翼"地"安抚着"护佑他们的神灵们啊。

1961 年

职人

几年前，我通过某饭馆老板的介绍，请榻榻米职人铃木嘉右卫门来我家干活儿。他家祖辈是榻榻米职人，从江户时代起至今已相传了十二三代。只见他身穿一件浆洗得笔挺的半缠上衣，上面印着字号，脚穿夹趾木屐，做起活儿来十分干练，做得又快又齐整，让我家焕然一新。我家的榻榻米原本已经旧到踩上去软绵绵的了，我们想过"躺上去会不会被弹开呢"，经他修复之后，效果好得出人意料[6]。

"这个（榻榻米）外行人肯定揭不开[7]，您家大扫除时知会我一声，我会过来帮忙的。"他走时这么对我说。后来我一试才知道外行人确实揭不开，几年过去都没再管它。铃木住在神田，离我家太远，所以我一直出于客气没有找他，最近终于发觉榻榻米明显脏了，忍不下去了，而且职人难寻，我终于给他打了电话。

没想到，他不只是记得，可以说是一直在挂念，"您终于想起来了！"他痛痛快快地答应来我家。他挂念的不是我们，而是自己做的榻榻米。像他这样对工作认真负责的人，被我晾了那么长时间不理睬，想来真是对不住他。

这次他是带着儿子一起来的，小伙子快二十一岁了。干他们这一行，要从十五六岁就开始做学徒，刻苦练习，不然学不出手艺。如果他想上高中，就干脆放弃干这行的愿望，去考大学算了。"我跟他这么说，他心甘情愿地选了这行。"铃木高兴地说。如此说来，他们父子俩手下干出的活儿，看着似乎比以前更加精湛了。

据说榻榻米的边角部位最重要，我还想向他请教更多诸如此类的经验之谈，但他在榻榻米面前表情极为认真专注，我倒不好插话打扰了。现在我享受着新榻榻米的青草色与青草香，写作这篇文章。职人们什么也没有说，但是我想，他们的工作教给了我很多东西。

1961 年

忆岁末

有一年岁末，我收到一位陌生老人的来信："我现在正躺在病床上，来日无多，写信给您，是想送一件东西给您。这件东西，是我胸怀青云之志来东京闯荡时您的祖父写给我的一幅字。我与您祖父虽只有这一面之缘，我一生穷困，只有这一件宝物珍藏多年。事到如今，我想至少要把它转让给有缘之人，不知您能否满足我的心愿。"

我非常感谢他。我时常收到类似来信，大多是想占便宜。唯独此信，我完全没有起疑心。我回信说自己愿意收下，不胜感谢，然后我收到了一幅字。

我没有汉语知识，不知该怎么读，但我看懂了意思。这是一首描写静夜的诗，大概意思是月明之下，云涌沼泽，露浸苍苔。我祖父桦山资纪是海军军人，晚年生活安稳平静，便如此诗。如果有人向他求字，他会"舔"顺毛笔，特别认真地写给人家。字虽不好，却透着谦虚。对于一位胸怀"青云之志"特意远程赶来的年轻人来说，这幅字太稳重了，也许和他期待的不一样。而对于一位理想被现实打败并走过一生的老人来说，也许如他所言，这幅字成了他唯一的安慰，我愿意这么相信。从来信的字里行间，我感到了一种毫无欲求、安静等待死亡降临的幸福感。

每年临近岁末，为了这位陌生的老人，我都会把这幅字挂进壁龛。我祖父写过那么多字，现在都已散佚，只剩了这一幅。我不知道那位老人后来怎样了，再也没有他的消息。

1961 年

达人可憎

吉田健一先生英语非常好，有一天，我在文艺春秋出版社的地下室里听见他和外国人在电话里交谈。英国人不喜欢把话说得太流畅，在演说时他们常常很不好意思地把句尾含混掉，故意把话说得吞吞吐吐的，有时候讲到最后也没有一句利落的话。健一正好用了这种口吻，他英语真好啊，我听着不由得很佩服，这时旁边忽然有人笑着说："我也是，一打电话就这样。平时我能说得很流利，一对着话筒说就僵硬了。我们同病相怜。"

听到有人这么得意扬扬地同情健一，我忍俊不禁。但这并不是好笑的小事，练达之士表现出来的平凡性是半瓶子醋理解不了的。这次偶然对方说英语，恰好我也懂，换到别的场合，可能不懂哪里出了错，这么想着，我就笑不出来了。

我想起《徒然草》里的一个故事，三藏法师远赴天竺，看到故乡的扇子不禁潸然泪下，身染疾病时，怀恋起汉家的饭菜。有人因此蔑视三藏法师，嫌他不争气，一旁有僧人评说"十分情真才是三藏法师呀。"兼好法师以为，这话与僧人身份不甚相符，但说得极妙。我们必须敬畏的就是这种观人之眼吧。

有余之家

我们在昭和十五年（1940）买下了鹤川的房子，第二次世界大战开始不久后搬了进去，目的并不是想在乡下避难，只是因为我一直想找一个离东京不太远的安静乡村居住。现在此地已归属东京都町田市，当时叫鹤川村，我家只是一幢再普通不过的农舍，荒废到几乎被遗弃的程度。自那以来三十年过去了，我一点点修整了房子，直到现在也还在修葺中。

房子原本就是该不断修整的东西，我永远不会有"这样就很好"的满足时刻。即使是经过缜密构思设计的房子，住进去也会发现有些地方不够好。但是如果房子过分方便，没有一点儿瑕疵，人难免会被建筑所左右。像我这种生性懒散的人，不喜欢那种死板拘谨的生活。

还是俗称"田字形"结构的农舍更方便一些，可以自由摆弄。简单地说，农舍就像自然野山，多余的东西很多。

我们把从前的牛圈改成了铺地板的西式房间，当作客厅兼起居室。有壁龛的榻榻米房间当作了卧室，主屋边上的小屋成了我的书房，从前养蚕的房间变成了儿童房。孩子长大有了自己的小家庭，现在只有周末才来，过去的儿童房又变成了客房。但这一切也只是现在这一瞬间的状态，说不定明天又会变样。家、人本身、人的生活不就是这样吗？原始状态的农舍，让我的日子过得随心所欲，想到它为我们已经硬撑了三十年而不倒，我不由得满心都是感谢。

语感

"博士"这个词，最近发音成"hakushi"，而从平安时代开始直至不久以前，"博士"的发音一直是"hakase"，不知是谁在何时改了发音。虽说语言是活的，会发生变化，但是"hakushi"读起来拗口，想必从前的人们嫌其拗口才说成"hakase"的，没有必要一定遵从发音规则。

尽管个人感觉不能强加于人，可我每次听到"hakushi"时都觉得非常别扭，相反，偶尔听到有人发音成"hakase"，倒觉得对方是个值得信赖的人。语感真是个奇妙的东西。

有位电视节目主持人把"大地震"说成"daijishin"[8]，节目里有一位嘉宾不知是天文学还是地震学的博士，面不改色地反问："你说的是'ojishin'吗？"但主持人似乎没听懂，依旧把发错了的音坚持到底。这种反应迟钝的人肯定是个粗枝大叶的人。谁都有弄错的时候，改正就好，但对此感觉无所谓的人，我是不会信任的。

我住的多摩丘陵一带盛产梨，从夏天到秋天人多热闹，道路两旁到处写着"摘梨"（梨もぎとり），村民争相拉客，我常常觉得这句话用词很脏。去年秋天我去京都，在丹波边上的老之坂一带看见"狩柿"（柿狩り）的标识，觉得京都不愧是古都。"摘"（もぎとる）有种胡乱无情的感觉，而"狩"（る）显得风雅多了，不仅仅是风雅，还有一种体谅对方的意味。这两个词在语感上的区别，就好像一个是冷漠地用手揪下来，另一个则是用剪刀小心地剪下来。

"手工制作"（手作り）也是一个讨厌的词，原本的意思很好，被过度使用后就变脏了。看到"手作的味道""手作的音乐"之类的，我就忍不住想说："骗谁呢！"

还有一位播音员把"报一箭之仇"（一矢を報いる）的"一矢"（isshi）读成了"hitoya"，成了"一间牢狱（hitoya）关不下"。类似的事太多了，我本不想挑刺，但这种事屡屡发生，让我偶尔忍不住想报一箭之仇。

好场

京都历史悠久，至今还保留着一些微妙的词汇。"好场"（すい场）就是其中的一个。这本来是小孩儿用的词，用汉字写出来就是"好场"，表示喜欢的地方。但词义没这么简单，还指"只有自己才知道的地方""只有和可信赖的朋友、尊敬的人、能理解自己的人才愿意分享的地方"。用"穴场"（一般人不知道的好地方）来解释可能有些夸张，说成"隐れ家"（隐寓）又有点儿太直白了。当有人对我说"我带你去一个我们的好场，跟着我来吧，就当是坐上了祭祀活动中的神舆"时，我真的特别高兴，因为这意味着他把我当作了伙伴。

我们去了能登，同行的有一位陶艺家、一位木工匠和一位画家，几人的年龄在三十至四十岁，都是身体强健的手艺人，随身带着很多东西，从菜刀到菜板，连磨刀石也带全了。而旅行的目的，是去能登吃寒鳕鱼，这是坐上北陆线电车后他们才告诉我的。海岸边买的鳕鱼刺身、白子和真子⁹入口即化的美妙滋味、刚捞上来的牡蛎的新鲜，都是我有生以来第一次品尝到。不，应该说我第一次知道了"好场"的味道。

文章写到这里，其实我理应告诉读者这些东西去哪里能吃到，但我不能背叛朋友。而且现今时代情报过剩，我觉得大家去发现自己的"好场"，去珍重它，才是更重要的事。

1979 年

注 释

1 在日本，八平方米被称作四叠半，即大小为四个半榻榻米的房间，四叠半趣味指在小房间里进行的饮酒作乐风流事。

2 瞽女，指用三味线或胡弓伴奏卖唱的女性盲人流浪艺人。

3 浅间山，日本有代表性的活火山之一，位于日本长野县和群马县边界处。

4 布罗肯光学现象，即气象学中的光环现象，阳光透过云雾反射，并经由云雾中的水滴发生衍射与干涉，最后形成一圈彩虹光环的光象。

5 野分大风，台风的古称，代指秋日暴风，形容风过原野、吹开野草的情景。

6 榻榻米被踩的年头长了，里面的木板可能会断裂，所以踩上去会感觉脚下发虚、有弹性。同时，榻榻米表面的草席会变色发黄、起毛刺。工匠不仅会修复内部断裂的部分，还会把草席揭开翻个面，把里面换装到外面，这样一来，修过的榻榻米就会像新的一样。

7 日式房间地板由榻榻米拼接而成，大扫除时可以揭开，把一块块榻榻米搬出去晾晒，清扫下面的积灰。

8 日语里"大"字作为前缀时，发音有两种：dai 和 o。后接汉语词汇时读作 dai，比如大草原、大洪水、大家庭。后接日语词汇时读作 o，比如大金持（大富翁）、大通り（大路）。而"大地震"例外，发音成 o。但是，据日本 NHK 在 1995 年进行的调查，对"大地震"的发音，百分之七十七的人发音成"daijishin"。

9 白子和真子，指的是鳕鱼的精巢和卵巢。

本书中"与美为友"部分是《读卖新闻》1991 年 1 月 8 日至 1 月 14 日连载的《听白洲正子说与美为友》(第 1—5 期，听众 中田浩二记者) 的汇编。

照片提供

p067、p077 摄影: 五头辉树; p127 摄影: 小林庸浩;
P080、p168、p180、p187 摄影: 牧直视